AF143604

Franck Loyat

Toutes nos allures

Édition : BoD · Books on Demand, 31 avenue Saint-
Rémy, 57600 Forbach, bod@bod.fr
Impression : Libri Plureos GmbH, Friedensallee 273,
22763 Hamburg (Allemagne)
ISBN : 978-2-3225-5665-6
Dépôt légal : mars 2025

A mes parents, généreux maréchaux-ferrants

A Métis, Côme et Milo, à leurs allures et à leurs voltes

A Sabrina et Pascal, Bruno, Bénédicte, Marc, Laurent,
endurants sauteurs d'obstacle

A toutes les Dindes Folles

A Madiana, Mélusine, Kopeck, Louve et Kirch, Pipo, Oural,
Piouga, à leurs robes odorantes

1.

Reda, complètement saoul, tanguait. Il alignait difficilement ses pas et traversait le champ comme un de ces engins agricoles gros et lents qu'il conduisait souvent. Séné l'observait du coin de l'œil et du haut de la pente où elle avait son camp de base : un trépied, une longue table et tout un jeu de marmites bosselées dont elle tirait malgré leur aspect rudimentaire les meilleures recettes du monde. Mercedes, assis sur un banc à proximité, fixait son ami avec malice et prenait le pari que jamais ce grand corps vacillant, dont tous les systèmes d'alerte et d'équilibre étaient noyés, ne réussirait à les rejoindre sans tomber.

Reda pourtant progressait. Avec une élégance molle et des yeux quasi clos, il posa sa carcasse charnue juste à côté de Mercedes qui lui envoya une bonne tape dans le dos :
- Alors vieux, Louis, t'a encore eu avec son blanc !
Un sourire innocent scotché sur les lèvres, Reda ne répondit rien et tendit les mains vers l'assiette fumante de riz pilaf que Séné lui tendait. Il commença immédiatement à manger de grosses portions pour colmater ses digues intérieures qui fuyaient de tout côté. Chaque bouchée le dégrisait un peu et Mercedes savait qu'une fois l'assiette finie Reda serait de nouveau opérationnel. Son grand corps avait l'habitude de ce genre de montagnes russes. Levé à l'aube le matin même,

il avait trimé comme quatre jusqu'au moment où Louis avait sonné la pause en faisant tinter quelques bouteilles d'un blanc vigoureux comme un coup de poing. Reda avait bu en écoutant les conversations de ses camarades et lorsque sa jauge interne avait atteint le niveau maximal, il s'était mis en branle pour aller empiler quelques sacs de riz au fond de son estomac jusqu'aux prochaines rasades qui à coup sûr adviendraient dès le soir.

Du banc écrasé sous son poids, Reda contemplait leur ouvrage en contrebas. Le chapiteau s'érigeait dans le champ comme un énorme champignon bariolé qui aurait poussé là d'un coup entre les taupinières. Pierrot avait conduit la petite équipe de sa main de maître et en six heures les deux mats, les six corniches et les quarante poteaux de tour avaient été dressés, les haubans tirés, les pinces profondément enfoncées et la toile opaque, lourde et glissante jetée impeccablement sur l'ensemble. Les côtés de toile ne seraient finalement pas installés et la coupole paraissait flotter au-dessus du sol. Une raie manta en lévitation sur l'herbe pensa Reda à qui la mer manquait souvent depuis la dizaine d'années où la vie lui avait désigné ce bout de campagne verte et terreuse comme point d'ancrage. Il ne s'en plaignait pas ayant noué ici de solides amitiés qui compensaient la faible chaleur du soleil.

Ils avaient franchement bien bossé. Pierrot savait y faire pour mettre tout le monde à sa bonne place et même Buvard et Sowet n'avaient pu, malgré la maladresse du premier et la fainéantise du second, ralentir la cadence et compromettre ce tour de force. Et c'était nécessaire car le planning était serré. Le festival commençait dans trois jours et le montage des scènes était loin d'être terminé sans parler de la décoration à déployer sur l'ensemble du site et qui participait grandement à la jolie réputation qu'avait acquis ce petit événement au fil des années. Personne n'était vraiment inquiet, l'équipe était rôdée, hétérogène et donc efficace dans tous les domaines, douée d'une capacité d'adaptation à tout, une équipe d'amateurs de niveau professionnel qui abattait le boulot avec plaisir et imagination. Les coups de sang ou de gueule éclataient de temps à autre mais les talents culinaires de Séné et le blanc de Louis ramenaient alors rapidement tout le monde en terrain pacifique autour d'un vieux plateau de bois jeté sur deux tréteaux n'importe où au milieu du champ, au plus près et au plus vite si la situation l'exigeait. Généralement les bouteilles sortaient les premières, les verres en verre tintaient, les yeux se plissaient en sourires et les paroles un peu aigres refluaient vers la vésicule biliaire d'où elles s'étaient trop vite échappées. Séné envoyait en suivant une guirlande d'assiettes odorantes et le petit groupe retrouvait son unité dans un grand mélange de mastication, de lampées généreuses et de nouvelles sur l'avancée des travaux en cours. Amande finissait invariablement par résumer ce qui restait à faire et ce qu'il ne fallait surtout pas oublier et chacun retournait à sa tâche. La sieste serait pour plus tard.

Amande, justement, flanquée de Clara et de Thomas, arrivait par le sentier du haut qui longeait le bois dans le dos de Reda. Les fines volutes de son assiette s'étaient répandues sur tout le site à la vitesse de la poudre et chacun guidé par ce signal irrésistible convergeait vers les tables. Ichem avait traversé le pont enjambant la rivière et commençait, une masse négligemment jetée sur l'épaule, à remonter la pente, bientôt rejoint par Harold qui suivait la piste bordant la rivière et poussait devant lui une brouette encombrée d'outils et de rouleaux de ficelle variés. La petite équipe fut au complet quand Mérens, qui avait fait un saut en ville pour récupérer des palettes dans les bennes de la zone industrielle et des merguez chez leur boucher favori, apparut le ventre lui-aussi tiraillé par la faim et impatient de retrouver leur camp précaire, ces petits bois et ces quelques champs qui le temps d'une absence de seulement deux heures lui avaient pourtant manqué. C'était souvent comme ça à cette période, quand les préparatifs avaient vraiment démarré. Le site du festival devenait leur cocon et personne ne voulait le quitter sauf nécessité impérieuse. Chacun préférait s'affairer ici, même sous la pluie, même dans la boue. Pour un temps, le monde et leur horizon se résumaient à cette prairie et à ces bois qu'ils connaissaient par cœur et redécouvraient pourtant chaque année. Aller faire une course à l'extérieur semblait un petit arrachement et rompait cette parenthèse idéale faite de travaux manuels autogérés, de senteurs de terre et de chants d'oiseaux, de casse-croûtes roboratifs et bien arrosés. Mais cette fois, c'était son tour et Mérens s'était coltiné l'aller-retour à la ville. En vérité, le trajet lui avait apporté quelques agréments car la petite route qui ramenait au site du festival, longeait un centre équestre situé à deux ou trois kilomètres en amont. Les enclos et les prés se répartissaient de part et d'autre de la route et quadrillaient les collines et Mérens aimait particulièrement voir les chevaux au pré. C'était pour lui l'un des plus beaux spectacles qu'on puisse imaginer.

Mérens s'installa à table et confia le sac de merguez à Séné qui saurait les conserver au frais jusqu'au soir en les immergeant dans le petit bassin qu'elle avait aménagé dans la rivière et qui lui tenait lieu de frigo. Pierrot demanda à Mérens si la récolte de palettes avait été bonne. La récupération d'outils et de matériaux divers représentait un enjeu crucial dans leur économie de bouts de ficelle. Une palette pouvait servir à mille choses ; devenir plancher dans une loge ou mur de toilettes sèches, ou encore, une fois désossée et repeinte, panneau indicateur et au pire combustible pour le feu du soir. Ils étaient en perpétuelle recherche de bons plans qui les amenaient, d'un contact à l'autre et d'un village à l'autre, à dénicher ce qui pouvait leur servir ou ce qu'ils imaginaient pouvoir leur servir quitte à s'encombrer de choses parfaitement inutiles. Harold faisait clairement figure d'expert en la matière, la plupart des plans, bons ou mauvais, venaient de lui. Originaire d'un bled autrichien au nom imprononçable, il avait débarqué il y avait plus de vingt ans pour faire les vendanges et n'avait plus jamais quitté ce pays de collines dont il avait écumé les salles de fête en trimballant partout avec lui son accordéon de Styrie aux sonorités aussi graves que sa voix et qui avait grandement facilité l'intégration de ce colosse roux à l'accent de papier de verre dans les harmonies locales. Il avait par ailleurs tissé tout un réseau d'informateurs dans la vallée qui portait à sa connaissance le moindre clou rouillé et tordu mis au rebut. Lui faisait le tri sur ce qui valait la peine de monter une petite expédition et de convaincre quelques volontaires de s'extraire des champs matriciels pour aller chercher une dizaine de rouleaux de tissu, quelques pots de peinture ou des vieilles poutres de charpente. Régulièrement, cette chasse aux trésors aboutissait à des prises plus originales. Une année, un lot d'une centaine de canotiers de paille offerts par une entreprise en faillite leur avait donné l'air de gondoliers échoués pendant tout le festival. Une autre fois, une vieille catapulte, rescapée d'une fête médiévale voisine qui ne faisait plus recette, avait constitué l'attraction majeure du festival après qu'Harold l'ait transformée en siège éjectable permettant de traverser la rivière par la voie des airs mais à ses risques et périls. On ne l'interdit pas aux enfants mais personne ne s'y risqua.

2.

Le centre équestre, situé tout proche du site du festival, avait été récemment racheté. Les nouveaux propriétaires s'y étaient installés dans l'hiver et plusieurs signes témoignaient déjà de la nouvelle dynamique qu'ils y insufflaient. Les cabanes dans les prés avaient été entièrement refaites, de même que plusieurs barrières. Le bois neuf et orangé des ouvrages zébraient la colline. La petite route séparait à peu près équitablement le domaine. A l'ouest un corps de ferme rénové tenait lieu d'habitation et se prolongeait sur sa droite par une longue et basse écurie bordée par un chemin de terre parallèle à la route avant de tourner au coin pour rejoindre une grande carrière. Un passage séparait les deux bâtiments et menait à un jardin de loisirs accueillant et à un potager fourni côté maison tandis que de l'autre côté on débouchait à nouveau sur la carrière dont la longueur équivalait à celle de l'écurie. Le passage continuait en sentier carrossable et herbeux et donnait accès à une plantation de fruitiers divers sur la gauche et à une série d'enclos de petites tailles sur la droite avant de se terminer en cul-de-sac contre une grande haie ponctuée d'immenses chênes. Derrière la haie, le terrain se redressait pour former une colline boisée dont on apercevait tout juste la crête au-dessus des grands arbres.

De l'autre côté de la route, une colline jumelle montait en pente très douce jusqu'à un grand plateau à peu près horizontal couvert d'une forêt mixte et dense. L'ensemble de la pente se fractionnait en parcelles clôturées réparties le long de pistes de terre qui se croisaient en tous sens. Tout un jeu de portails et de rouleaux de clôture permettait de faire évoluer la taille des enclos. Une dizaine de cabanes réparties de manière irrégulière abritaient les chevaux du vent, de la pluie ou même du soleil tandis que quelques chênes et noyers remarquables avaient été conservés et projetaient au sol leurs ombres noires ponctuant ainsi le motif géométrique de cet immense champ strié et couturé de toutes parts.

Pas de carcasses de voiture embuissonnées, pas de vieilles baignoires en guise d'abreuvoir, pas non plus de herses rouillées et abandonnées aux ronces, encore moins de bidons de plastique éventrés ou de pneus usés et remplis de terre. Avril et Garance, les nouveaux propriétaires, avaient mis un point d'honneur à faire disparaître tout ce qui écorchait l'œil et qui jonchait ces terres il y a encore quelques mois. C'est d'ailleurs ce qui avait particulièrement frappé Mérens ce matin même. Tout semblait parfaitement à sa place dans leur centre équestre, une harmonie ordonnée et agréable à regarder. Une impression de facilité se dégageait de l'ensemble comme si gérer un troupeau et plusieurs hectares de bâtiment et de terrain se faisait sans problème et sans aucun désordre. Cela contrastait évidemment avec les champs du festival ceinturés de clôtures plus ou moins défoncées, où des arbres morts finissaient tranquillement leur vie à terre et où les multiples installations composaient un ensemble hétéroclite.

Deux lieux, deux ambiances mais deux lieux néanmoins reliés par la même sensation de grand air et par une nature présente partout, contrainte mais respectée autant que possible. Plus ou moins sophistiquées, plus ou moins entretenues et plus ou moins éphémères, ces installations, ces clôtures ou ces cabanes paraissaient au final bien précaires et la forêt proche qui avait reculé pour laisser la place à ces petites aventures humaines semblait toujours la vraie propriétaire des lieux. Les éperviers qui y nichaient chassaient d'ailleurs en seigneurs sur ces terres, poursuivant les hirondelles le long des enclos où les chevaux paissaient et ne relevaient même pas la tête sur leurs attaques éclair.

Un jeune étalon palomino, crins blancs et robe vieil or, se roulait à terre, les pattes fouettant maladroitement l'air et frottait alternativement les côtés de son ventre rond dans l'argile nue qui formait un cercle autour de sa cabane. Arrivé depuis une semaine seulement, il était tenu à l'écart du reste du troupeau. Son enclos jouxtait le principal, vaste d'au moins trois hectares, et il pouvait en tendant le cou par dessus la clôture échanger quelques signes de reconnaissance avec ses nouveaux congénères. Avril et Garance avaient opté pour cette quarantaine, non pour des raisons sanitaires mais pour favoriser une intégration sereine dans le troupeau. Le reste des chevaux se comportait comme un groupe familial stable et avec une hiérarchie bien établie qui évitait les tensions et donc les coups et les morsures et donc les blessures. L'étalon alezan brûlé, à la robe et aux crins marron foncé comme du café torréfié, dominait la petite troupe mais la plus vieille jument, âgée de seize ans, prenait souvent le leadership et déclenchait les différentes séquences de repos, pâturage ou toilette qui rythmaient leur journée. Deux juments bai, robe marron et crinière noire, constituaient une paire d'inséparables, rarement à plus de trois mètres l'une de l'autre tandis qu'une troisième jument dont le bai clair tirait sur l'isabelle, manifestait un caractère plus indépendant et se tenait la plupart du temps assez loin du groupe. Deux poulains de deux ans complétaient la harde. Avril et Garance avaient aujourd'hui besoin d'en augmenter le nombre pour développer leur activité. Ils attendaient encore trois juments et deux hongres achetés récemment à des élevages de leur connaissance. Le palomino aurait pour rôle de diversifier la lignée. Deux étalons pouvaient cohabiter, surtout si la différence d'âge était assez marquée. Le palomino, plus jeune, céderait la place à son aîné. C'est en tous cas ce qu'espérait Garance qui avait facilement convaincu Avril de tenter le coup. Elle avait choisi le palomino avec soin après plusieurs visites où elle l'avait observé de longues heures au pré au sein du troupeau où il était né et en avait conclu que son caractère s'accommoderait de la présence de l'alezan brûlé. Il avait l'impétuosité de sa jeunesse mais semblait équilibré et sa fougue témoignait surtout de sa curiosité pour son environnement et ses congénères. Par ailleurs l'alezan brûlé était suffisamment sûr de sa position au sein du harem pour rarement manifester de l'agressivité. D'un regard ou d'une posture, il conduisait le troupeau avec calme et autorité tout en laissant la plupart du temps la vieille jument mener les activités quotidiennes. Pour le moment la cohabitation limitée par la clôture qui les séparait se passait plutôt bien. L'alezan brûlé feignait une totale indifférence vis-à-vis du nouveau venu et laissait les juments aller au contact de temps en temps. C'était alors tout un jeu de naseaux et de babines qui se humaient et se retroussaient par dessus les fils de la barrière. Ce dialogue mystérieux démarrait et s'interrompait sans raison apparente. L'isabelle se montrait la plus curieuse de ce nouveau compagnon qui, et de loin, paraissait le plus contrit d'être ainsi isolé. Il passait souvent de longs moments à scruter les autres chevaux qui l'ignoraient la plupart du temps et finissait invariablement par pousser un hennissement sonore pour attirer leur attention et espérer une visite. En cas d'insuccès, il caracolait dans son enclos pendant quelques minutes comme pour évacuer sa frustration et retournait brouter dans l'angle opposé du champ.

Beaucaire, l'employé du centre équestre, restait dubitatif sur la cohabitation des deux mâles. Même s'il s'agissait d'animaux codés, c'est-à-dire tous deux habitués à l'organisation sociale au sein d'un troupeau et même si leurs caractères semblaient compatibles, il doutait de la possibilité d'une coexistence pacifique. En admettant que l'alezan brûlé tolère son arrivée dans le troupeau, le palomino voudrait tôt ou tard jouer son rôle d'entier et disposer de ses juments. Il tentait de convaincre Garance de constituer un deuxième troupeau indépendant avec le palomino et les trois nouvelles juments qu'on attendait pour la fin du mois. Garance écoutait ses arguments avec attention. Il était déjà l'employé du centre avant leur arrivée et Avril et elle ne l'avaient pas maintenu à son poste simplement pour distribuer les bottes de foin. Ils avaient racheté le centre avec les chevaux et Beaucaire côtoyait ces bêtes depuis cinq ans maintenant. Approchant la quarantaine, il avait travaillé dans plusieurs régions et plusieurs contextes du monde équin – élevage, haras, centre équestre - son expertise était reconnue. Les quelques mois de collaboration passés avaient d'ailleurs convaincu Garance que celle-ci n'était pas usurpée. En matière de chevaux, Avril faisait totalement confiance à sa compagne et il ne participait pas aux débats. Mais Garance hésitait. Et cette hésitation agaçait Beaucaire qui estimait qu'on aurait déjà bien assez de travail à s'assurer que les deux hongres, qui devaient eux-aussi bientôt grossir le cheptel, ne soient pas persécutés par l'un ou l'autre des étalons. Il abordait le sujet chaque fois que c'était possible en essayant d'adoucir sa raideur naturelle. Il voulait la persuader sans la brusquer et surtout sans rien compromettre. Garance était la patronne, il avait conservé sa place en connaissance de cause, pas uniquement parce qu'il était profondément attaché au domaine et à sa petite maison plantée au milieu des vignes à quelques kilomètres, mais parce que Garance et Avril l'avaient convaincu de leur projet. Leur énergie et leur enthousiasme étaient communicatifs. Leur envie d'ouvrir une nouvelle étape pour ce centre équestre qui ronronnait gentiment lui donnait de nouvelles perspectives. Et puis il y avait Mag et on ne pouvait imaginer perspective plus convaincante.

3.

Mérens aussi avait vu Mag ce matin-là, même s'il ne le savait pas encore. A dire vrai, ce n'était pas uniquement le quadrillage des enclos qui avait retenu son regard lorsqu'il avait longé le centre équestre en rentrant des courses, ni seulement les chevaux posés sur les champs comme les petites figurines en plastique d'une ferme d'enfants. Avril et Garance, qu'il n'avait d'ailleurs pas encore eu l'occasion de rencontrer, avaient certes commencé à rénover l'ensemble du domaine mais la distribution des bâtiments, les lignes de fuite des chemins, les silhouettes caractéristiques des grands arbres composaient un paysage qui lui était déjà largement familier.

Âgé de vint-huit ans, Mérens fréquentait le coin chaque saison depuis dix ans maintenant. Il avait grandi dans une vallée voisine. Même paysage de fermes plutôt prospères, de prés piétinés par des vaches de races diverses, de coteaux raides couverts de vignes et de bois coiffant les sommets des collines. Les villages et les routes posées en crépine sur cette campagne serrée et sage. Dès que ses jambes eurent la force d'enfourcher une mob, il sillonna frénétiquement son territoire, le plus souvent en bande, toujours à l'affût des décibels et de la sueur que promettait un concert. Il aimait la musique quand elle était vivante, quand elle vous postillonnait au visage, quand le ventre prenait le relais des oreilles. Il écumait les salles des fêtes et les cafés, et l'été, les concerts en plein air. C'est à l'occasion d'une de ces virées musicales, qu'il avait d'abord rencontré Thomas puis rapidement tous les autres et s'était investi dans l'aventure festivalière qui était en germe. Il avait passé le col qui séparait les deux vallées un nombre incalculable de fois, par tous les temps, sur sa mob ou la poussant péniblement après une énième panne. Au fil du temps, il avait apprivoisé ce bout de campagne. Il connaissait les creux de la rivière, l'emplacement des terriers des renards, les pistes discrètes des bois qui longeaient la route. Il avait vu des arbres tomber, d'autres grandir.

Même s'il n'habitait pas ici, le festival était un rendez-vous qu'il ne manquait jamais. Il se rendait disponible plusieurs jours avant pour pouvoir participer à la période de montage qu'il appréciait tout autant que le festival lui-même. La fin du printemps permettait de longues journées dehors à nouer des ficelles, à taper comme un sourd sur des poteaux qui éclataient sous les coups, à offrir son corps aux fourmis pendant la sieste et à saisir dans le ciel la flèche rouge du pic épeiche avant qu'elle ne se fiche au sommet d'un bouleau. La fraîcheur et l'humidité de l'air provoquaient chaque soir le rassemblement de tous autour d'un feu de ceps vite allumé dont les flammes se reflétaient en se déformant sur le ventre vert de bouteilles de vin qui tournaient inlassablement avant de rouler vides dans l'herbe où elles ne seraient ramassées qu'au matin. La fatigue des travaux physiques, des soirées trop arrosées et des nuits hachées par la sarabande des bêtes nocturnes s'accumulait jusqu'à former un état second où l'on se concentrait uniquement sur l'objectif du festival, où le monde extérieur avait tendance à disparaître dans un brouillard. On savait qu'il était là et qu'on le rejoindrait mais pour le moment on le tenait à distance. Les haies et les bois qui entouraient la petite équipe constituaient comme un rideau de théâtre épais et opaque derrière lequel on s'agitait un peu fébrilement sachant que le temps était compté et la météo changeante. Mérens appréciait cette période simplifiée où il savait ce qu'il avait à faire sans avoir de réel programme et où son principal souci se résumait à ne pas égarer son couteau.

D'une année sur l'autre, l'équipe évoluait un peu. Quelques nouveaux visages s'agrégeaient à ceux du noyau dur. Ils étaient la promesse de petites aventures, d'histoires et d'idées nouvelles qui donneraient une coloration particulière au festival et permettaient de distinguer plus facilement les éditions les unes des autres quand toutes commençaient à se mélanger dans les mémoires.

Il y avait l'année où Clara avait débarqué dans un gros pull de laine mouillé par l'orage, les cheveux collés au front et aux tempes, quasiment muette mais avec des yeux qui disaient tout. Elle semblait d'un coup comme sortie de la rivière. Elle avait traversé le champ et rejoint le groupe agglutiné sous une bâche pour se protéger de l'averse, s'était calée entre Thomas et Ichem, et il en était ainsi depuis, un jour avec l'un, le lendemain avec l'autre. Depuis son arrivée, les troncs des arbres, les pierres du bord de la rivière, les poteaux des clôtures, les tables des bars se couvraient de motifs abstraits et colorés. Spirales, points de toutes tailles, courbes déliées constituaient son langage que de vieux pinceaux, systématiquement coincés dans la poche arrière de son jean, lui permettaient d'exprimer partout et en permanence. Chaque année, elle mélangeait l'eau à la terre ou à toutes sortes de pigments qu'elle sortait de sacs translucides et dirigeait une petite troupe dévouée à sa cause qui pendant des heures avançait lentement en ligne et tatouait délicatement toute chose à sa portée. De cette battue concentrée et paisible, émergeait un henné géant et éphémère. Il se répandait d'un bout à l'autre du site du festival et lorsqu'il atteignait les roues et les bas flancs de la caravane qui en marquaient l'entrée, on pouvait être sûr que tout était prêt et qu'il était l'heure de commencer.

Il y avait aussi l'année où Sowet et Buvard avaient rejoint l'aventure. Ces deux solides gaillards avaient tellement bien désorganisé les préparatifs qu'on fixait, nettoyait et rangeait encore de tous côtés à l'heure de l'ouverture. Sowet, un pétard systématiquement coincé entre lèvres était à lui seul un vortex de lenteur qui aspirait tous ceux qui l'entouraient et les engluait dans un faux rythme dont il était extrêmement dur de s'extraire. Le voir pousser une brouette et l'on jurait que les roues étaient couvertes de colle. Chaque échelle qu'il montait comptait un nombre infini de barreaux. Cette mollesse se doublait d'une fainéantise sincère et assumée. Chaque effort appelait une pause d'un temps équivalent, chaque échappatoire était immédiatement saisi. On évitait de l'envoyer chercher n'importe quoi car on n'était jamais sûr de le voir revenir et s'il revenait c'était au bout d'un temps si long qu'on aurait pu légitimement s'inquiéter s'il ne s'était agi de lui. Buvard quant à lui était d'une maladresse de compétition. Pour planter un seul clou, il s'écrasait cinq doigts. N'importe quel outil signifiait blessure. Il aurait pu s'étouffer avec une éponge en faisant la vaisselle. Bien que ne touchant ni à l'alcool, ni à quelque substance psychotrope que ce soit, Buvard semblait imbibé en permanence ce qui rendait sa démarche et ses gestes plus que hasardeux et son surnom entièrement mérité. Pierrot et Amande, tous deux organisateurs hors pair et ayant de l'énergie à revendre avaient été quelque peu désarçonnés par l'arrivée des deux compères dont les carrures leur avait fait espérer deux recrues de choix pour abattre les mille travaux manuels. La première année, ils avaient gravement sous-estimé le temps nécessaire pour rattraper le retard généré par ce duo infernal. Mais Sowet et Buvard compensaient largement leurs défauts par une générosité et une gentillesse sans faille et un répertoire de blagues inépuisable. Les rires qu'ils déclenchaient lors de joutes improvisées en fin de journée substituaient aux courbatures naissantes de bonnes crampes d'estomac.

Mérens promenait donc un œil plutôt distrait sur les bas côtés de la route ce matin-là quand son regard fut attiré par une cavalière qui trottait sur le chemin séparant l'écurie de la route. Son cheval se déplaçait avec élégance amortissant en souplesse cette allure saccadée et la cavalière elle-même, soudée à l'animal, basculait et soulevait son bassin sur un rythme ralenti. Ils regardaient droit devant eux indifférents à la voiture qui bientôt les dépasserait. Mérens happé par le spectacle de ce centaure parfait et doté d'une double queue de cheval ralentit au point de presque s'arrêter. Le cheval se mit au pas, la cavalière tourna alors rapidement la tête dans sa direction et fixa de ses yeux noirs l'automobile et son conducteur avant de se pencher sur l'encolure de sa monture pour une caresse et un murmure à l'oreille. Mérens accéléra, gêné d'être le voyeur de ce moment d'intimité et de grâce et troublé par la beauté du cheval et de la cavalière. Encadré dans le miroir du rétroviseur, le tandem s'éloignait en rapetissant comme à la fin d'un film qui promet une suite. Une minute plus tard, Mérens bifurqua à gauche sur la petite route qui menait au site du festival. Au croisement trois ados juchés sur des vélos tout terrain déglingués lui lancèrent au passage des regards fiers et farouches.

4.

En rejoignant ses amis, Mérens ne pensait déjà qu'à revoir la cavalière. Son regard l'avait accroché. Un fil invisible, hameçonné dans la peau, le tirait en arrière. Il cherchait un motif valable pour retourner au centre équestre et espérer lui parler. Mais la pression des préparatifs du festival l'avait vite rattrapé. Il avait d'abord travaillé avec Ichem à tendre des bâches bleues sur des structures diverses pour protéger de la pluie ou du soleil, les deux étant possibles à ce stade. L'après-midi était très chaude et des orages pouvaient éclater dans les jours suivants. Pour le moment, les gros nuages blancs et cotonneux survolaient les vallées voisines en troupeau nonchalant dont on percevait néanmoins la nervosité menaçante de quelques éléments. L'orage était redouté de tous. L'équipe, habituée à gérer ce type de situation, ne craignait pas pour les installations qui, bien que solides, avaient la souplesse du roseau et pouvaient encaisser des bourrasques et des averses violentes. Même les ponts jetés sur la rivière avaient déjà résisté à de soudaines montées des eaux. Une année, le site du festival s'était retrouvé coupé en deux, la rivière étant devenue infranchissable en quelques heures.

Mais la pluie compliquait tout. Elle retenait le public chez lui et renvoyait à la maison celui qui était sorti. L'eau qui tombait du ciel rafraîchissait l'air et les corps et concurrençait la bière qui se buvait moins. Le sol terreux se changeait rapidement en tapis de boue glissant et il fallait à la hâte protéger tout le matériel sensible et électrique. Bref, tout devenait plus laborieux, l'ambiance en pâtissait et les recettes aussi.

Les champs et les agriculteurs attendaient au contraire la pluie avec impatience car les herbes et les sols étaient secs. Certains arbres souffraient et changeaient déjà de couleur. On craignait les incendies de l'été. En attendant une hypothétique crevaison du ciel, Mérens et Ichem suaient abondamment et une seule bière ne suffirait pas à remonter leur taux d'humidité à un niveau acceptable. Alors qu'ils soufflaient quelques minutes assis sur une vieille souche au bord de la rivière, Mérens demanda à Ichem s'il connaissait les nouveaux propriétaires du centre équestre. Le regard d'Ichem se durcit d'un coup et ses pupilles noires se rétractèrent.

- Pourquoi tu me demandes ça ? fit-il brutalement.
- Comme ça, répondit Mérens sur la défensive, je suis passé devant chez eux ce matin et j'ai vu qu'il y avait du changement.
- C'est-à-dire...
- Ben, j'sais pas, les clôtures sont refaites et…
- Qu'est-ce qu'il t'a dit à propos des clôtures ? s'emporta immédiatement Ichem.
- Mais rien, putain, pourquoi tu t'énerves comme ça ! J'veux dire, on sent que le centre a été repris et qu'ils veulent en faire quelque chose, c'est tout.

- Ouais, ben, va falloir qu'ils fassent gaffe aux voisins, ils sont pas tout seuls !

Ichem se leva, prit la masse et alla passer sa rage sur un poteau qui n'en demandait pas temps et s'enfonça misérablement dans le sol.

Mérens connaissait bien Ichem, il avait l'habitude de ses sautes d'humeur mais cette colère soudaine l'avait quand même surpris. Ichem était aussi un grand taiseux et Mérens savait qu'il était inutile d'insister. Ichem ne répondrait pas et lui opposerait un silence lourd comme une dalle de béton. L'amitié sincère et profonde qui existait entre eux n'empêchait pas Mérens d'être parfois mal à l'aise face à la nervosité de son ami et à ses regards qui vous clouaient à un tronc plus sûrement qu'un couteau. Mérens soupira en se relevant, shoota dans une taupinière et rejoignit Ichem pour finir le boulot. S'il y avait un problème, Amande devait être au courant et avec elle il pourrait avoir une conversation civilisée.

Plus tard dans l'après-midi, il aida Thomas et Mercedes à finir de décharger un gros camion écrasé sous le poids de flight-cases empilés comme dans un jeu de Tetris et contenant tout le matériel son et lumière qui équiperait la scène principale. Il fallait faire vite car le soir même les premiers essais techniques devaient avoir lieu. Ils se cassèrent donc le dos à retenir des caisses qui dévalaient une rampe métallique raide avant de les répartir tout autour de la scène. Le travail était dur mais l'ambiance plus légère. La bonne humeur de Thomas était légendaire. En plus d'un physique agréable, la nature l'avait doté d'un sourire permanent qui agissait par contagion. Se rendant compte que cela faisait peut-être beaucoup, elle l'avait affublé d'une voix fluette qui sapait un peu son charisme de beau brun ténébreux. A chaque nouvelle rencontre, on lisait la surprise sur celui ou celle qui découvrait cette voix d'enfant dans ce corps d'homme. Ce paradoxe convenait bien à sa personnalité complexe, mélange d'immaturité et de maîtrise qui lui faisait prendre avec beaucoup d'aplomb les décisions les plus stupides. Sa vie s'en ressentait, il changeait de boulots et de compagnes plus souvent que de chemises, incapable de rien construire, au grand dam de sa mère chez qui il se réinstallait régulièrement pour des périodes dont la durée variait en fonction de la fréquence et de l'intensité des sermons maternels.

Mercedes menait la danse et donnait les directives pour que chaque caisse soit dispatchée au bon endroit. Sa réputation de technicien hors pair lui permettait de négocier plus facilement avec le prestataire pour qui, somme toute, le festival n'était qu'un plan secondaire comparativement à ses clients habituels. La présence de Mercedes non seulement rassurait le loueur mais garantissait aussi que le meilleur matériel leur soit prêté alors même que le budget était serré. Cette année, la livraison s'était faite particulièrement tôt parce que cela arrangeait les gars de venir directement ici au lieu de retourner au dépôt pour tout ressortir deux jours plus tard.

Outre des oreilles d'or, Mercedes avait une connaissance pointue du matériel et de ses évolutions permanentes, et la caste des techniciens du son adorait discuter avec lui des prouesses de la dernière console numérique à la mode ou de l'avantage de tel système de diffusion ou de tel micro statique. Mérens écoutait avec amusement leurs discussions truffées de termes techniques presque aussi exotiques que ceux d'une langue étrangère. Leur expertise et leur vocabulaire mystérieux les nimbaient d'une forme de supériorité. On comprenait ou non ce qu'ils voulaient dire, demander une traduction était un aveu d'ignorance et donc d'incompétence. Ils constituaient une sorte de confrérie dont certains enviaient l'appartenance. Ceux qui aspiraient à en faire partie hochaient profondément la tête lors de débats obscurs pour départager deux types de tables de mixage. C'était une manière de donner le change à laquelle Mérens ne participait pas car il savait bien qu'il était nul en technique et s'en foutait royalement, du moment qu'à la fin le son soit bon et pour ça, il y avait Mercedes.

Une fois tout le matériel déchargé, ils partagèrent une bière accoudés au hayon du camion en guise de comptoir. Les techniciens de la boite de location remontèrent assez vite à bord pour rejoindre l'entrepôt et préparer un nouveau chargement qui partirait dès le lendemain matin pour une autre destination. C'était pour eux la saison haute, la saison des festivals. Mérens laissa Thomas et Mercedes commencer les innombrables branchements qui relieraient toute cette machinerie pour qu'au final un son puissant et clair puisse taper dans le ventre du public et le faire danser frénétiquement devant la scène.

5.

Le bruit compact et répété de sabots qui martelaient le sol réveilla Harold et Mérens en sursaut. Il faisait nuit noire. Ils se dressèrent dans leurs duvets étalés à même la scène où ils avaient pris l'habitude de dormir depuis quelques nuits. Le festival approchant, le matériel sensible s'accumulait et plusieurs équipes dormaient réparties sur le site pour s'assurer de tout retrouver en place chaque matin. Le risque de vandalisme ou de vol n'était a priori pas élevé mais cela rassurait tout le monde et rajoutait un peu de piment à l'histoire. Les ciels étoilés et parfois les corps à l'aventure dans la nuit en valaient de toute façon largement la peine.

Le son des sabots s'éloignait puis se rapprochait d'eux comme si le cheval en panique tournait en rond sans trouver d'issue. Leurs yeux s'habituèrent rapidement à l'obscurité et ils distinguèrent à plusieurs reprises sa masse sombre passer à grande vitesse devant la scène. Le cheval disparut en trombe sous la bâche du chapiteau voisin. Un hennissement retentit et faiblit progressivement en direction du sentier qui s'engageait dans le sous-bois. Harold et Mérens, bien réveillés maintenant, s'extirpèrent de leur duvet, se munirent de leurs lampes frontales et se dirigèrent à leur tour vers le sentier. Intrigués par cette bête surgie de nulle part, ils se mirent à sa recherche tout en n'ayant aucune idée de ce qu'ils feraient une fois qu'ils l'auraient retrouvée. On était en pleine nuit et attraper un cheval apeuré et puissant ne serait sûrement pas simple. Mais attendre le matin sans comprendre ce qui se passait n'était pas une option.

Une fois dans le sous-bois, la nuit s'épaissit encore, les étoiles soudain masquées par la frondaison des charmes. Mérens et Harold avançaient en silence et balayaient les bas-côtés de leurs faisceaux lumineux qui découpaient la nuit en larges bandes blafardes. Une chouette effraie accompagnait de ses chuintements leur ronde nocturne. Le sentier longeait la rivière en contrebas mais il y avait peu de chances que le cheval ait franchi son lit encombré de roches irrégulières. Il avait dû rester sur la piste bien marquée qui débouchait plus loin sur une clairière avant de se diviser pour mener à des champs clôturés. C'était donc un cul de sac et tôt et tard ils tomberaient sur l'animal, à moins que celui-ci emporté par sa panique n'ait sauté une clôture et poursuivi sa course à travers la campagne.

Ils avançaient lentement et prudemment et s'attendaient à chaque instant à voir deux yeux brillants dans la nuit. Arrivés à la clairière, il optèrent pour le sentier de gauche et fouillèrent le premier champ sans succès. Un renard, qu'ils ne remarquèrent pas, interrompit sa chasse pour les observer. Ils rebroussèrent chemin pour prendre le sentier de droite qui bordait la rivière jusqu'à un second champ plus vaste que le premier. Au fur à mesure que les possibilités se réduisaient, l'excitation les gagnait même s'ils n'avaient toujours pas de plan d'action une fois face à l'animal. Ils s'arrêtèrent à l'entrée du pré et éteignirent leurs lampes espérant que la lueur de la lune leur suffirait pour repérer la silhouette sombre du cheval. Le champ semblait absolument vide. Sa taille ne leur permettait pas d'en être vraiment sûr et ils décidèrent d'en longer la clôture pour en faire méticuleusement le tour, d'autant qu'à l'opposé de l'entrée le terrain descendait légèrement avant de se heurter à une petite butte rocheuse et boisée d'où dégringolait une cascade. Parvenus à cette extrémité, ils s'avancèrent doucement vers l'eau persuadés que le cheval y serait. Et en effet, il était là. Ses jambes se confondaient avec les troncs des jeunes arbres et son corps en paraissait d'autant plus massif. Des frissons lui parcouraient l'échine et ses flancs luisaient de sueur. Ses sabots bougeaient sans cesse sur le sol comme prêts à s'emballer à tout moment. Sa tête dressée se détacha brièvement dans le faisceau lumineux de la lampe que Mérens ralluma et ils virent nettement son oreille gauche pendre sur sa joue simplement retenue par un lambeau de chair.

La mutilation les figea de stupeur. Ils s'attendaient à trouver une bête nerveuse et effrayée mais pas un animal blessé et sanguinolent. La douleur muette du cheval leur parut encore plus insupportable. Conscients que sans le vouloir ils l'acculaient dans son recoin, ils reculèrent de plusieurs pas. Pas question pour eux d'essayer de le capturer. Partis dans la précipitation, ils n'avaient de toute façon pris aucune corde. Et ils ne voulaient surtout pas prendre le risque de le blesser davantage ou de provoquer une seconde course folle qui pouvait mal se terminer. Incertains sur la conduite à tenir, Harold et Mérens décidèrent de retourner à l'entrée du champ pour le fermer d'une barrière rudimentaire et d'attendre les premières lueurs de l'aube. Ils tirèrent quelques branches mortes en travers de l'accès pour contenir le cheval dans le champ au cas où il aurait décidé de s'enfuir à nouveau. Puis ils regagnèrent leur dortoir sur la scène pour finir leur nuit. Mais Mérens était trop perturbé pour retrouver le sommeil. Il avait en tête l'image d'un tableau célèbre, dont il ne retrouvait ni le nom ni l'auteur, où une tête de cheval monstrueuse aux yeux aveugles et exorbités hantait le cauchemar d'une jeune femme tourmentée. A plusieurs reprises, il eut l'impression d'entendre à nouveau le bruit des sabots frappant le sol. La nuit entretenait ses illusions. Mais c'est surtout l'image de l'oreille sectionnée et pendante qui ne le quittait pas. Comment cela avait-il pu arriver ? Qui pouvait avoir commis un acte aussi barbare ? Ou était-ce un accident ?

Dès les premières lueurs du jour, Mérens se leva. Harold ronflait profondément et il ne le réveilla pas. Comme il ne réveilla pas non plus Ichem et Clara qui dormaient dans une tente plantée de l'autre côté de la rivière. Ce n'était pas plus réfléchi que ça mais l'excitation le poussait à retourner au plus vite dans le champ où le cheval s'était réfugié. Son impatience commandait d'agir seul même si cela aurait été sûrement plus efficace et raisonnable d'y aller accompagné. Harold était un type costaud et calme dont la présence pouvait être utile dans ce genre de situation. Mérens profita de son état de torpeur généré par le manque de sommeil pour tenir ses questionnements à distance. Il voulait revoir le cheval maintenant. Dans les caisses de matériel stockées sous la scène, il trouva une bonne longueur de drisse noire qui ferait un licol honorable. Il s'engagea d'un bon pas sur le sentier encore plongé dans l'obscurité se retenant presque de courir. Arrivé à la barrière qui paraissait intacte, il l'enjamba rapidement pour rejoindre le fond du pré. Le cheval n'avait pas bougé. Les mouches le harcelaient déjà, voletant en nombre autour de sa blessure. Des traînées de sang brun à demi séché striaient sa joue gauche. L'oreille pendante et la chair à vif n'enlevaient rien à la beauté remarquable du petit étalon palomino que Mérens reconnu pour l'avoir aperçu au centre équestre la veille. L'animal semblait plus calme que cette nuit et Mérens avança vers lui en lui parlant à voix haute et posée. Il avait préparé un nœud coulant avec la corde et la tendit à bout de bras pour que le cheval la voit. D'un geste lent, il balançait la boucle comme un pendule. L'étalon regardait Mérens approcher en renvoyant des signaux difficiles à interpréter, son oreille droite positionnée en avant et sa tête dressée témoignaient de sa vigilance et ses naseaux s'évasaient régulièrement. Mérens prenait son temps, il voulait absolument mettre le cheval en confiance et ne rien faire qui risque d'aggraver son état. Son oreille ne tenait qu'à un fil et Mérens réfléchissait à éviter tout contact entre la corde et la blessure.

Il avança encore, décidé à ne rien tenter avant d'être suffisamment proche du cheval. Il l'aborda par son flanc gauche, posa une main sur sa croupe et la fit remonter le long de son dos. Le cheval tressaillit mais resta en place. Arrivé au niveau de l'encolure, Mérens lui présenta à nouveau la corde que le cheval renifla prudemment. Tout en lui parlant, il élargit la boucle et la passa au cou de l'animal en prenant bien garde de ne pas effleurer la blessure qu'il évitait par ailleurs de regarder. Il laissa quelques secondes la corde lâche avant de la resserrer suffisamment pour que le cheval ne puisse plus se dégager. Il caressa le cou du palomino et lissa de ses doigts sa crinière claire. Le cheval, en état léthargique, se laissait faire. Mérens était fier de lui. Ce n'était pas exactement une capture au lasso au bout d'une course sauvage mais il avait réussi à contenir sa propre appréhension et à mettre en confiance une bête blessée dont les réactions étaient imprévisibles. Il n'était pas expert en chevaux mais il avait toujours été fasciné par leur élégance et ne les avait jamais craint. Son prénom qu'il partageait avec une race de robustes chevaux pyrénéens l'avait sans doute prédestiné. Il n'avait pourtant jamais pratiqué l'équitation et considérait qu'il s'agissait presque d'une sorte d'avilissement pour cet animal dont on louait facilement la noblesse. Quand on les aimait vraiment, on ne leur cassait pas le dos. Mérens se contentait de les admirer depuis le sol.

Il raccourcit la corde dans ses mains et prévint le palomino du départ. Il espérait que celui-ci ne résisterait pas et le suivrait docilement. Et ce fut le cas. A peine l'étalon sentit-il la corde se tendre et Mérens faire un pas qu'il se mit en mouvement en donnant de petits coups de tête réguliers vers le sol. Mérens n'osait toujours pas regarder l'oreille. Malgré la lenteur de leur allure, elle tressautait au bout de son fil et menaçait de se détacher comme un fruit trop mûr. Les mouches se posaient régulièrement sur l'ourlet à vif de la base de l'oreille pour se gaver de sang avant qu'il ne soit totalement figé.

6.

L'étalon se laissait conduire avec facilité et Mérens fit une première pause devant la scène. Il appela Harold à voix basse qui se frotta les yeux et s'assit dans son duvet. Encore ensommeillé, il avait du mal à réaliser ce qu'il voyait. Il s'était endormi en laissant l'étalon dans le pré de la cascade et le voilà au matin face à lui mené par Mérens. Il ne regarda pas immédiatement l'oreille coupée, le cheval lui présentait son côté intact.

- Qu'est-ce que tu fous ? T'es allé le chercher tout seul ?
- Ben ouais, tu dormais. Il est beau, hein ?
- Mais comment t'as fait ?
- Je lui ai juste parlé. En fait, il s'est laissé faire. J'ai l'impression qu'il n'était pas fâché qu'on s'occupe de lui.
- Fais-voir sa blessure.
Mérens fit légèrement pivoter le cheval vers son côté gauche. Harold fixa avec intérêt la plaie.
- On dirait bien que quelqu'un a joué du couteau et s'est taillé un steak.
- T'es sérieux ? Qui peut faire un truc pareil ?
- J'en sais rien mais j'vois pas comment il aurait pu se faire ça tout seul. Et puis l'entaille est nette, c'est pas déchiré. En tous cas, faut qu'on le ramène fissa parce qu'il a besoin d'être soigné. Je viens avec toi. J'avais entendu parler de malades qui s'attaquent à des chevaux et leur coupent les oreilles ou la queue mais franchement j'pensais pas que c'était vrai.

Harold enfila ses vieilles baskets et sauta lourdement du plateau de la scène. Le cheval redressa brusquement la tête.

- Fais gaffe, intima Mérens, son oreille tient vraiment par miracle et j'aimerais autant qu'elle tienne jusqu'au centre équestre.

- Sûr qu'ils vont pas être enchantés qu'on l'ramène dans cet état.

Il fallait environ vingt minutes pour parcourir la distance qui les séparait du centre. Le palomino ne manifestait pas d'impatience particulière et continuait à suivre docilement. Mérens espérait qu'aucune voiture ne les croiserait sur cette route étroite car il craignait la réaction du cheval. Mais il était encore tôt, et cette petite route proposait une dérivation de la principale pour desservir un hameau plus haut, elle était donc peu fréquentée. Cette balade matinale s'avéra malgré les circonstances plutôt agréable et réveilla tout-à-fait Harold. Ils marchaient en silence de part et d'autre du cheval profitant de la fraîcheur humide du matin et des chants des oiseaux indifférents à leur curieuse procession. Ils encadraient le cheval comme un prisonnier dont l'évasion a échoué et qui porte les stigmates d'une arrestation musclée. Leur intention était pourtant tout autre. Harold proposa à l'animal une poignée d'herbe tendre arrachée au fossé mais celui-ci, après l'avoir reniflée, s'en détourna.

Ils arrivèrent bientôt en vue du centre équestre et Mérens ne put s'empêcher d'espérer que la jeune femme soit là même si les circonstances n'étaient pas les plus favorables pour une nouvelle rencontre. Ils quittèrent la route et s'engagèrent sur le chemin de terre qui menait à l'écurie. Il était à peine huit heures mais un bruit de ferrailles qu'on entrechoque émanait de l'intérieur du bâtiment. Mérens fit arrêter le cheval devant la porte entrebâillée et intégrée au grand portail et appela. Beaucaire, dont Mérens reconnut immédiatement la silhouette nerveuse pour l'avoir croisée quelques fois sur les prés ou au village, sortit un chiffon dans les mains. Mérens n'eut pas le temps d'ouvrir la bouche que Beaucaire déjà se précipitait sur lui et lui arrachait la corde des mains.

- Qu'est-ce qui s'est passé, nom de Dieu ? demanda Beaucaire d'une voix agressive, son regard noir passant de Mérens à l'oreille coupée.
- Ce cheval s'est échappé et on l'a retrouvé cette nuit sur nos champs. On l'a trouvé comme ça, s'empressa d'ajouter Mérens.
- Putain, mais qu'est-ce que vous avez encore fait ? gronda Beaucaire.
- On vient de t'le dire, ton cheval nous a réveillé cette nuit, on l'a capturé et on t'le ramène, intervient Harold d'une voix ferme.
Beaucaire le foudroya du regard.
- Vous le ramenez bien amoché.

- Écoute, on ne sait pas ce qui s'est passé, ni qui lui a fait ça ou si c'est un accident. Cette nuit, il galopait en panique dans le champ et on a attendu le jour pour pouvoir l'attraper sans l'effrayer davantage.

Alors qu'Harold parlait, Mag, alertée par le son des voix fortes, apparut à l'angle de la maison. Elle porta une main à sa bouche pour étouffer un cri lorsqu'elle vit la blessure et se ressaisit aussitôt. Elle s'approcha d'eux les yeux rivés sur l'étalon, lui prit le menton d'une main et gratta doucement son chanfrein de l'autre. Beaucaire lâcha la corde et commença à faire le tour du cheval. Mérens se trouvait toujours proche du cheval et dévisageait Mag sans s'en rendre compte. Il la trouvait extrêmement belle, ses cheveux noirs noués en une longue natte contrastaient fortement avec le crin clair du cheval. Elle avait la peau mate, des yeux en amande et des traits délicats. Elle observait sérieusement la blessure et se retourna pour s'adresser à Beaucaire.

- Il faut tout de suite appeler le vétérinaire, dit-elle.
- Et ça, c'est quoi, putain ?
Beaucaire soutenait la queue du cheval d'une main et fixait Mérens dans l'attente d'une réponse. Mérens regarda à son tour les longs crins qui pendaient sans comprendre.
- La moitié de sa queue a brûlé, cria Beaucaire.
Harold et Mérens regardèrent plus attentivement et constatèrent une ligne un peu plus foncée, hérissée de

poils très courts et très courbés à leur extrémité et qui marquait le dessus du plumeau de la queue.

- Il a besoin de soins, coupa Mag. Je vous remercie de nous l'avoir ramené leur dit-elle gravement avant de tirer l'étalon vers la porte de l'écurie.

- Et moi j'vous dis qu'ça va pas s'arrêter là, ajouta Beaucaire, de plus en plus furieux, j'vais prévenir les gendarmes pour qu'il y ait une enquête. Ça suffit les conneries.

- Préviens-les si tu veux mais change de ton et arrête tes insinuations, intima Mérens.

- Sinon quoi ?

- Sinon on te fera fermer ta grande gueule, ajouta Harold, glacial.

Beaucaire serra les poings.

- Ça suffit, Beaucaire, venez m'aider, dit Mag d'un ton sans appel depuis la porte de l'écurie.

Beaucaire fixait toujours Harold, les lèvres serrées et le corps tendu, puis, brusquement, il lui tourna le dos et rejoignit Mag. Mérens et Harold quittèrent les lieux. Harold bouillait encore de rage contenue. Mérens ne s'attendait pas à être accueilli en héros mais avait été surpris par la tournure qu'avait pris la rencontre et le niveau de tension qui s'était rapidement installé. Beaucaire, en plus de les accuser à demi-mot semblait faire allusion à d'autres événements et Mérens se remémora la réaction d'Ichem lorsqu'il avait évoqué le centre équestre. Il fallait tirer cela au clair et questionner

Amande. Mérens ne connaissait Beaucaire que de vue et n'avait jamais eu l'occasion de lui parler. C'était fait. Et il s'en souviendrait. Tout en marchant, Harold et Mérens déchargèrent leur colère en le maudissant et en l'insultant copieusement pendant quelques minutes puis en revinrent au cheval.

Ni lui, ni Harold n'avaient remarqué les traces de brûlure sur sa queue avant que Beaucaire n'en parle. Et même en le sachant, cela ne sautait pas aux yeux. Il fallait avoir un bon coup d'œil. Pour le coup, Beaucaire avait sûrement vu juste. Ils s'interrogèrent sur ce qui avait bien pu se passer. Quelqu'un avait-il enflammé la queue du cheval ? Mais comment pouvait-on mettre le feu d'un côté et couper une oreille de l'autre ? Ces actes étaient bien sûr insensés et cruels mais aussi difficiles à pratiquer simultanément, même en étant plusieurs. En tous cas cela expliquait la panique du cheval. Outre la douleur à l'oreille, les flammes au bout de sa queue l'avaient propulsé à travers n'importe quelle barrière et il avait couru droit devant lui pour échapper à ce martyre.

Harold et Mérens continuèrent leur chemin en silence. Leurs pensées filaient comme les longues soies d'araignée en suspension dans l'air au-dessus du grand champ qu'ils longeaient en même temps que la rivière. Au niveau d'une petite cascade, trois ados tentaient de harponner des truites avec des bâtons de noisetier au bout desquels ils avaient fixé de vieilles fourchettes. Leurs dents se déformaient sur le fond de pierres dures tandis que les poissons fuyaient dans l'entrelacs des racines qui tenaient les berges écartées comme des lèvres sombres sur lesquelles le soleil à travers les frondaisons déposait des tâches de lumière irrégulières.

7.

Séné, Clara et Buvard détaillaient une montagne de légumes qui deviendrait un hachard juteux et épicé pour le déjeuner. Tout en leur lançant un bonjour rapide, Mérens saisit la cafetière fumante posée sur le coin de la table en bois où ils s'étaient installés. Il était encore contrarié par sa visite au centre.

- Vous sortez d'où comme ça, leur demanda Séné ?
- On a ramené un cheval qui s'était échappé du centre équestre. Vous savez où est Amande ? demanda-t-il en retour, peu désireux de s'étendre sur le sujet.
- Elle fait le tour des armoires électriques avec Mercedes pour vérifier les branchements, lui dit Buvard, sans lever les yeux de la carotte qu'il épluchait avec application et lenteur.

Mérens vida la fin de sa tasse dans l'herbe et partit à leur recherche. Harold avait déjà filé en direction de la scène, sûrement pour ranger ses affaires abandonnées sur le plateau et pouvoir se remettre lui-aussi à ses tâches du jour.

Mérens retrouva Amande et Mercedes occupés à dérouler un long câble pour alimenter l'un des bars du festival. Il fit à Amande un rapide compte-rendu de sa nuit et de sa visite au centre équestre. Elle l'écouta attentivement, assise sur une gros touret de bois, mais ne paraissait pas vraiment surprise par la réaction de Beaucaire. Elle remercia Mérens de l'avoir informée tout en lui laissant entendre que le problème était plus global, elle refusa néanmoins de lui en dire plus et proposa d'en parler collectivement avant le déjeuner pour que tout le monde soit au courant et qu'une décision soit prise sur la conduite à tenir. Amande avait eu l'occasion de parler avec Avril plusieurs fois lors de rencontres fortuites de voisinage et elle l'avait toujours trouvé amical. Elle connaissait moins Garance, qu'elle avait simplement croisée une ou deux fois dans l'un des commerces du village, et Beaucaire seulement de réputation. Son caractère tranchant et emporté lui était déjà revenu aux oreilles. Pour autant elle n'avait jamais été en contact direct avec lui. Elle tenait en tous cas à ce que les relations avec leurs voisins directs soient bonnes, à la fois par principe et par intérêt pratique. Tout en ayant des projets indépendants, ils partageaient les mêmes lieux et participaient selon elle à une même dynamique locale. Avoir de bonnes relations avec eux lui semblait un minimum et les derniers événements montraient qu'il existait un risque qu'elles se détériorent durablement.

Le mot était passé et toute l'équipe se rassembla dès midi pour une réunion improvisée qu'Amande introduisit rapidement en résumant les deux événements qui l'avaient motivée. L'épisode du cheval bien sûr, mais aussi l'altercation qui avait eu lieu deux jours avant entre Ichem et Beaucaire.

A l'angle des pâtures du centre équestre, un chemin de terre gravissait la colline et débouchait sur une piste forestière qui permettait de rejoindre le site du festival par le haut. Ichem avait chargé le robuste Bénétuillère multiplex - une sorte de petit tracteur avec benne intégrée - de bois et de matériel divers nécessaire au montage d'une scène. Ce chemin de terre lui évitait de traverser tout le site du festival, dont le sol se creusait en ornières inesthétiques et inconfortables lorsque le passage de véhicules se faisait trop fréquent, et d'accéder plus directement à l'emplacement de cette petite scène nichée dans le sous-bois. Pourtant habitué à la conduite de cet engin, Ichem avait pris son virage trop court et défoncé un piquet d'angle de la clôture de l'enclos des chevaux sous les yeux de Beaucaire, qui justement remplaçait les poteaux défectueux et retendait les fils un peu trop lâches sur toute la parcelle. La rencontre de deux sangs chauds partit immédiatement en ébullition. Beaucaire, légitimement agacé de voir un poteau neuf bêtement mis à terre, apostropha Ichem de la centaine de mètres où il se tenait avant de dévaler vers lui. Ichem profita du ton agressif de Beaucaire pour masquer sa gêne due à sa maladresse et répondre sur le même mode au lieu de s'excuser platement. Ils s'engueulèrent copieusement au pied du poteau toujours inanimé. Ichem, en toute mauvaise foi, soutenait qu'ils avaient profité de la réfection de la clôture pour mordre sur le chemin. Ils en seraient sûrement venus aux mains sans l'intervention d'Avril qui les avait vite rejoints. Celui-ci calma rapidement mais fermement le jeu. Ichem proposa finalement son aide pour remettre en état mais Avril refusa, lui disant que ce n'était pas la peine. Ichem n'échappa cependant pas à un sermon sur la vigilance qu'il reçut en serrant les dents.

- et t'as tout raconté à Mamande en rentrant, le taquina Reda.
Ichem le fusilla du regard mais la balle s'écrasa sans dégât sur le corps placide de Reda dont les couches de graisse étaient à toute épreuve.
- C'est sérieux, coupa Amande, Ichem a estimé qu'il valait mieux que je sois au courant de l'incident et il a eu raison.

La pique de Reda était d'autant plus injuste que tout le monde racontait tout à Amande. C'était une sorte de règle tacite, la seule à dire vrai sur laquelle fonctionnait ce groupe. Amande était le point de convergence. Elle triait ensuite les informations et mettait en place la méthode de traitement adaptée à chacune en y associant telle ou telle personne. Elle ne décidait jamais seule mais c'était clairement elle qui priorisait et déclenchait les différentes phases d'action. Chacun, convaincu de la justesse de son tamis, lui livrait des informations et abdiquait volontairement une part de sa responsabilité sur ce qu'il convenait d'en faire. Les choses se discutaient néanmoins toujours plus ou moins collectivement. Les réunions formelles et en présence de tous étaient rares et logiquement réservées aux sujets les plus importants sauf à l'approche du festival où elles se multipliaient pour devenir quotidiennes car elles constituaient un moyen efficace de partager l'information et d'adopter une position commune. C'était l'une des forces de ce groupe, une fois la décision prise, chacun s'y tenait et l'intégrait de manière autonome dans son attitude ou son programme personnel.

- Avec l'histoire du cheval, ça commence à faire beaucoup, ajouta Amande. Et puis cela dépasse le cadre du centre équestre car ce ne sont sûrement pas eux qui ont mutilé leur propre cheval.
- Doucement, rien ne dit qu'il s'agit d'une mutilation, intervint Louis, des bêtes qui se blessent, ça existe.
- C'est pas exclu, admit Mérens, même si ça ressemblait bien à une coupure intentionnelle et puis le feu n'est pas parti tout seul.
- Bon, est-ce que quelqu'un a vu ou entendu quelque chose de plus à propos de ce cheval ? demanda Pierrot.
- Moi, j'ai vu que celui qui s'en occupe est une tête de con, dit Ichem entre ses dents.
- Moi, j'ai entendu que celle qui s'en occupe est plutôt canon, ricana Thomas.
- Merci les gars, on avance bien, coupa Pierrot. Bon, je pense qu'il faut retourner au centre équestre et avoir une discussion avec les patrons pour lever tout malentendu et repartir sur de bonnes bases. En plus on a un service à leur demander.

- Ah bon, quel service ? demanda Harold avec une pointe d'agacement.

- On a besoin de leur emprunter un cheval pour un spectacle. C'est dans la fiche technique, un cavalier doit faire une apparition au lointain, traverser et puis voilà, précisa Amande.

- On a donc besoin d'un cheval et de quelqu'un qui le monte ? demanda Mérens.

- Ouais c'est ça, confirma Pierrot. Bruno, le neveu de Louis, s'était proposé avec sa jument mais il m'a appris hier qu'elle boitait bas et qu'il ne pourrait donc pas le faire.

- Et bien, j'suis pas sûr qu'ils soient dans de bonnes dispositions pour nous prêter un cheval alors qu'on vient de leur en ramener un avec une sale tête, dit Mérens.

- On verra bien. Pour leur cheval, on n'y est pour rien et même on leur a rendu service, je pense qu'ils sont capables de faire la part des choses. De toute façon, il faut tenter le coup, on n'a pas d'autres plans et cela nous faciliterait quand même pas mal les choses, conclut Pierrot.

- Bon je propose d'y retourner après le repas avec Mérens, dit Amande.

- Pourquoi moi ? s'étonna Mérens.

- Dis-moi que tu n'en as pas envie, répondit Amande en souriant, et puis, c'est toi qui a trouvé leur cheval !

Mérens sentit qu'il avait rougi devant tout le monde. Amande, fidèle à sa clairvoyance, avait déjà deviné une chose dont il n'avait encore parlé à personne.

- C'est bon ? On peut passer à table, demanda Buvard, impatient de goûter au hachard qui lui avait coûté tant d'efforts tandis que Séné se levait déjà pour retourner à ses marmites.

8.

Le jeune palomino se tenait debout dans un box brillamment éclairé. Le regard inexpressif et le souffle régulier, il semblait totalement indifférent à l'agitation qui l'entourait. Le vétérinaire lui avait injecté un sédatif suffisamment puissant pour le maintenir tranquille et atténuer la douleur. Un fin bistouri lui avait permis de détacher complètement l'oreille qu'il avait plongée immédiatement dans un liquide bleu et trouble. Après avoir soigneusement nettoyé la plaie en la badigeonnant de ce même liquide, il avait aussitôt entrepris de recoudre l'oreille à sa place initiale. Malgré le risque d'échec lié à la lenteur de la cicatrisation du cartilage, Garance, en accord avec le vétérinaire, avait décidé de tenter le coup plutôt que de priver son jeune étalon d'une oreille. Outre l'esthétique, les oreilles comptent beaucoup dans le langage des chevaux. Le vétérinaire ne put déduire de la blessure son origine mais la contusion lui semblait limitée et les tissus profonds ne paraissaient pas gravement atteints. Le risque de nécrose était donc faible et il comptait sur la jeunesse du cheval pour faciliter la cicatrisation. Une fois la couture achevée, il la couvrit d'une pommade à base d'aluminium puis d'une gaze légère avant de fixer une sorte d'étui en fin grillage moulé et sanglé sous le cou du cheval qui emprisonnait son oreille blessée la protégeant de toutes agressions extérieures tout en aidant son maintien. Garance suivait attentivement les différentes phases de soin tandis que

Mag caressait doucement le chanfrein de l'étalon et lui parlait doucement. Le palomino resterait quelques jours au box avant de regagner son pré. Le vétérinaire les rassura également sur sa brûlure à la queue qui restait très superficielle et ne nécessitait pas de traitement particulier.

A l'entrée du centre équestre, Amande et Mérens croisèrent la grosse voiture grise et maculée de terre séchée sur le bas de caisse que conduisait le vétérinaire. Ils garèrent la vieille guimbarde empruntée à Mercedes à la place qui venait de se libérer. Mérens sortit de la voiture et claqua la portière avec précaution tant celle-ci semblait sur le point de pouvoir lui rester dans les mains. Mercedes changeait de voiture plus souvent qu'à son tour. Il semblait systématiquement choisir celle qui opposerait le moins de résistance au muret qu'il finirait tôt ou tard par percuter en reculant sans regarder ou celle dont la peinture s'accorderait le mieux avec la couleur de la rouille qui se répandait déjà sur toute la carrosserie. Mercedes, collectionneur de voitures pourries et oreilles d'or.

Garance apparut dans l'encadrement de la porte et les salua d'un signe de tête avant de marcher d'un pas résolu vers eux. Elle paraissait à la fois calme et soucieuse. A la demande d'Amande, elle leur donna rapidement des nouvelles de l'étalon sans toutefois les inviter à jeter un coup d'œil dans le box tout proche. Elle ne tenait pas à perturber l'étalon plus que nécessaire. Mérens apercevait des silhouettes sombres se déplacer lentement à proximité de l'entrée sans reconnaître leurs propriétaires. Garance les invita à prendre un café dans la maison. Ils s'installèrent autour d'une table en bois rustique et confortable. Mérens fit clairement de la figuration pendant la demi-heure qu'ils passèrent à l'intérieur. Amande et Garance étaient deux femmes intelligentes et décidées. Garance comprit très vite la démarche de conciliation que lui proposait Amande et elle partageait globalement son avis sur la situation. Même si elle était loin de vraiment les connaître, ni même d'avoir identifié tous ceux qui gravitaient autour des préparatifs, elle n'avait pas d'animosité vis-à-vis de l'équipe du festival et ne nourrissait pas de soupçons particuliers envers eux concernant le cheval. Amande et Garance partagèrent le constat qu'elles n'avaient aucune piste pour expliquer ce qui avait pu arriver au palomino. C'est surtout la brûlure qui laissait penser à un acte volontaire plutôt qu'à un accident mais Beaucaire avait inspecté l'enclos de l'étalon sans avoir trouvé d'autres traces de feu. Le mystère restait pour le moment complet. Amande sentit néanmoins qu'elles n'étaient pas suffisamment intimes pour que Garance lui livre toutes ses réflexions à ce sujet. Elle restait sur la réserve, dissimulant son inquiétude et taisant les hypothèses qu'elle ne manquait pas de faire dans sa tête. Elle informa Amande qu'elle avait averti la gendarmerie et ajouta, en fixant Mérens, qu'il fallait qu'il s'attende à une visite de leur part. Mérens ne cilla pas, il avait la conscience tranquille et déclara simplement qu'il leur dirait exactement ce qui s'était passé. Quant à l'histoire de la clôture, que lui avait évidemment rapporté Avril, Garance l'avait surtout pris comme un signe supplémentaire d'avertissement sur le caractère impétueux de Beaucaire, ce qui lui déplaisait.

Elle ne manifestait en revanche pas d'intérêt particulier pour le festival qui lui paraissait à vrai dire un événement un peu anecdotique. Beaucoup d'énergies dépensées pour une fête à laquelle elle n'avait même pas songé à participer faute de temps. Un festival était par essence éphémère tandis qu'elle s'était lancée dans un projet ancré et de long terme avec ce centre équestre auquel elle réservait toute son énergie et toutes ses pensées. Amande ne la contredit pas même si selon elle le festival générait une dynamique humaine locale dont les effets dépassaient largement les quelques de jours de la manifestation qui en constituaient par ailleurs une apogée joyeuse et inspirante. Elle savait que beaucoup partageaient l'avis de Garance et manifestaient une certaine indifférence à l'égard du festival le considérant au mieux comme l'occasion bienvenue de boire une bière, au pire comme une chose assez superficielle et totalement dispensable. Mais aujourd'hui elle ne cherchait pas à convaincre et d'ailleurs elle n'en eut pas besoin. Garance rejoignait totalement Amande sur la nécessité d'entretenir de bonnes relations de voisinage et elle accepta sans hésiter de prêter un cheval pour le spectacle à venir à la condition que Mag soit d'accord car elle ne voyait pas qui d'autre pouvait monter pour l'occasion. Elle-même n'avait pas le temps, Avril n'aurait ni l'envie, ni vraiment la capacité d'adapter ses rares moments de monte à des contraintes de ce type et mieux ne valait même pas en parler à Beaucaire. Garance tout en se levant pour déposer leurs tasses à café dans l'évier les invita donc à faire leur demande à Mag qui devait encore se trouver à l'écurie. Elle s'excusa de ne pas les accompagner ayant du travail de bureau urgent à finir et les salua avec un large sourire qui à défaut d'être amical scellait leur accord de manière conviviale.

Depuis le pas de la porte, la colline d'en face présentait son damier d'enclos et le vert de l'herbe variait significativement selon qu'il avait accueilli plus ou moins récemment des chevaux plus ou moins nombreux dont l'activité principale consistait à brouter et piétiner la dite herbe. Mérens avait repéré le troupeau disséminé sur une grande parcelle tandis que la silhouette fine et nerveuse de Beaucaire remontait une allée de terre dans sa direction les épaules chargées d'un sac volumineux.

- Bon, tu vas lui demander pendant que je passe quelques coups de fil ?
La question d'Amande n'était que de pure forme puisqu'elle avait déjà dégainé son téléphone et posé ses fesses sur le capot de la voiture de Mercedes. C'est vrai que le réseau téléphonique n'était pas toujours très stable sur les champs et qu'ici il pouvait être meilleur, mais

Mérens ne fut cependant pas dupe de la manœuvre. Il sourit et se dirigea d'un air qu'il voulait dégagé vers l'écurie.

9.

Mérens en franchit le seuil et se trouva plongé dans une lumière faible et bleutée que des vitres horizontales haut-perchées découpaient en bandes irrégulières et qui contrastait fortement avec celle homogène, jaune et vibrante du dehors. Des odeurs de crottin, de foin et de cuir l'assaillirent et formaient un air épais contre lequel il força le passage. Son déplacement provoqua de petites turbulences au sein des poussières en suspension qui se satellitèrent dans son sillage. Le box immédiatement à gauche où le palomino avait été soigné était vide et aucun bruit ne troublait l'atmosphère quasi religieuse des lieux. Mérens tournait la tête à gauche et à droite au fur et à mesure qu'il découvrait de nouveaux box dont les portes étaient ouvertes ou fermées sans logique apparente. Il n'osait pas appeler craignant de troubler la quiétude des animaux, s'il y en avait. Arrivé au bout de l'allée, il s'arrêta devant le portail jumeau de celui par lequel il était entré et remarqua sur sa gauche une porte plus étroite qui donnait directement sur la carrière. Il l'ouvrit et la silhouette du palomino s'encadra comme une peinture équestre. Le cheval se tenait immobile sur le sable gris. La tête dressée, il présentait son profil intact et fixait un point invisible. Mérens s'avança et c'est alors qu'il aperçut Mag sur sa gauche, le regard tourné vers lui, une cigarette posée aux bords des lèvres et inconfortablement assise sur des barres de saut d'obstacle entreposées sur le bord de la carrière comme des baguettes de mikado jetées négligemment.

- C'est un beau cheval, dit Mag qui avait déjà détourné la tête sans marquer de réelle surprise à son apparition.

- Il est encore plus beau quand vous êtes dessus, répondit Mérens se rappelant la scène le long de la route. Elle le regarda à nouveau, plus curieuse que gênée. Mérens s'adossa à un bidon de métal rouge posé de l'autre côté de la porte. Les mots étaient sortis de sa bouche sans préméditation et trahissaient l'émotion qu'il avait ressentie en la voyant sur son cheval.

- Je vous ai vue hier matin, vous formez un sacré duo, ajouta-t-il pour éviter que le silence s'installe.

- Un duo très récent en vérité, ma mère vient de l'acheter. Alors, c'est vous qui l'avez trouvé ?

- Oui c'est moi, et je suis désolé de la manière dont la conversation a tourné ce matin.

- Ne vous excusez pas pour ça, le ton monte toujours vite avec Beaucaire, il est plutôt sanguin et l'état du cheval l'a choqué.

- J'ai été choqué moi-aussi mais je vous assure que nous n'y sommes pour rien.

- Ne soyez pas sur la défensive, dit-elle en souriant, je vous crois.

- Sans même me connaître ?

- Et alors ? Mag se leva et écrasa son mégot sous son talon. Elle fit deux pas en direction du cheval et se tourna vers lui. Vous voulez le voir de plus près ? Il faut que je le rentre.

Mérens fut à nouveau saisi par la beauté de la jeune femme dont les yeux animaient d'éclats sauvages sa tête sage de cavalière bien née.

- Il va mieux ? demanda Mérens tout en la fixant intensément.

- C'est pour prendre de ses nouvelles que vous êtes revenu aussi vite ? rétorqua-t-elle avec un peu d'ironie en se dirigeant vers le cheval. Mérens, désarçonné par ce brusque changement de ton avoua le motif de sa visite.

Mag ne répondit rien. Arrivée au niveau de l'étalon, elle caressa délicatement son encolure, lustrant du bout de ses doigts le poil ras et Mérens suivait du regard ces courtes arabesques. Elle remonta la main en direction du garrot et la laissa posée sur l'encolure comme un de ces oiseaux perchés sur le dos des chevaux pour mieux repérer les insectes. Mérens se tenait juste derrière Mag et détaillait sa nuque claire et les fines mèches de ses cheveux noirs qui tombaient en fronces légères. Mag se retourna. Ils se retrouvèrent soudain face-à-face et très proches l'un de l'autre.

- Ok, je vais le faire, lui dit-elle dans un sourire et un souffle chaud qui courut sur ses joues. Ça m'amuse ! ajouta-t-elle.

Elle le contourna en tirant doucement le licol de l'étalon pour le ramener à l'écurie. D'abord cloué sur place, Mérens se ressaisit rapidement et la rejoignit en quelques foulées. Ils convinrent de se retrouver le lendemain en début d'après-midi afin que l'équipe artistique concernée lui explique les détails de son intervention. Elle attacha le cheval au mur de l'écurie et s'apprêta à le brosser. Mérens la salua et franchit la porte par laquelle il était arrivé. Sa tête réapparut aussitôt.

- Au fait, je m'appelle Mérens, lui lança-t-il.

- Comme le cheval ? fit-elle avec une moue étonnée.

- Oui c'est ça, comme le cheval. L'expression de Mag ne lui permit pas de savoir si elle trouvait ce prénom franchement ridicule ou si au contraire il bénéficiait de l'aura de ce petit cheval ariégeois plein d'allure. Il disparut dans l'embrasure de la porte.

10.

Séné arpentait le champ à la recherche de pissenlits dont elle ferait une salade goûteuse accompagnée d'œufs mollets et de cacahuètes grillées. Dans la vraie vie, Séné exerçait le contrôle de gestion pour un groupe de transport et de logistique dont le siège social occupait une immense tour vitrée où elle avait son bureau au dixième étage. Autant dire que cuisiner des herbes sur un tréteau de bois au milieu d'un vallon de verdure constituait pour elle une activité radicalement décalée. Malgré les sourires en coin voire l'incompréhension que suscitait chez beaucoup l'évocation de son véritable métier, Séné aimait ce travail confortable et rigoureux. Le festival lui offrait néanmoins une parenthèse qu'elle n'aurait manquée pour rien au monde. Il lui permettait une fois par an de s'adonner pleinement à sa passion pour la cuisine en la ramenant à son essence même : quelques gamelles et un feu, des produits simples mais agencés avec saveur et surtout le contentement de voir l'énergie et le plaisir passer des assiettes aux corps fourbus, en reconstituer les forces tout en les rapprochant dans une complicité joyeuse.

Le panier suffisamment plein, elle frottait ses mains terreuses sur son tablier quand elle aperçut les silhouettes jumelles et le pas cadencé de deux gendarmes qui remontaient le pré dans sa direction. Comme par magie et dans une synchronisation parfaite, Pierrot, sorti du bois au-dessus d'elle, venait à sa rencontre tandis qu'Amande, ayant franchi le pont de la rivière, se dirigeait également vers elle. Ils se regroupèrent tous les trois juste avant l'arrivée des gendarmes et formèrent un comité d'accueil triangulaire et tranquille. Séné proposa immédiatement de s'asseoir autour d'un café, ce que le plus petit des deux gendarmes accepta même si l'après-midi était déjà bien entamé. L'adjudant-chef Bartas, ainsi qu'il se présenta, leur exposa le motif de leur visite, la plainte contre X déposée par Garance au sujet du cheval. A ce stade, l'adjudant-chef voulait se faire préciser certains éléments concernant la découverte du cheval. Pierrot lui proposa donc d'aller chercher Mérens et Harold qui seuls pourraient le renseigner. Il se leva tandis que Séné remplissait à nouveau les tasses.

Pierrot retraversa la rivière et la longea jusqu'à une petite scène construite à fleur d'eau qu'Ichem s'évertuait à caler. Il pestait et suait en soulevant de lourdes plaques de bois d'une main tout en glissant dessous des sections de chevron de l'autre. Il indiqua rapidement à Pierrot où il pourrait trouver les deux compères et lui demanda de lui renvoyer Sowet s'il le croisait. Celui-ci avait filé d'un coup et sans un mot alors que le boulot n'était pas fini et depuis Ichem s'échinait seul, ce qui n'arrangeait pas son humeur qu'il retourna promptement contre les gendarmes en maugréant, leur reprochant de venir leur chercher des poux et de leur faire perdre du temps pour une affaire qui ne les concernait pas. Pierrot ne répondit rien et partit dans la direction indiquée. Il n'était pas plus inquiet que ça mais c'est vrai qu'il n'y avait plus de temps à perdre. Plus vite les gendarmes repartiraient et plus vite le travail avancerait. Dès demain, les premiers artistes arriveraient et accapareraient logiquement une bonne partie de leur attention et de leur temps. Il fallait donc que les tâches prévues aujourd'hui soient menées à bien. Il râla intérieurement contre Sowet qui décidément avait le don de disparaître au mauvais moment. Un bon quart d'heure plus tard, il rejoignit Amande et Séné, flanqué de Harold et Mérens. Ce dernier raconta aux gendarmes le détail de sa nuit. Bartas posa quelques questions, nota une ou deux choses sur un petit carnet de cuir qu'il rangea dans sa poche intérieure puis les remercia. Les gendarmes repartirent sans autre formalité et sans que le deuxième ait fait entendre le son de sa voix. Le petit groupe se dispersa rapidement, chacun ayant mille choses à faire avant le repas du soir.

A aucun moment, l'altercation d'Ichem avec Beaucaire n'avait été évoquée par les gendarmes. Garance ne leur en avait sans doute pas parlé. Amande en était soulagée et cela renforça la confiance qu'elle avait décidé de lui accorder. Amande ne pensait pas une seconde qu'Ichem, malgré son tempérament colérique, ait pu s'en prendre au cheval en guise de pseudo-représailles. Ichem était intègre et ne cherchait pas de détours quand il voulait dire ou faire quelque chose à quelqu'un. Et s'il pouvait parfois manifester une certaine violence vis-à-vis de ses semblables, elle ne l'avait jamais vu faire de mal à une mouche. Il témoignait au contraire d'un respect et d'une curiosité pour les animaux dont la compagnie l'apaisait. Pendant plusieurs années d'ailleurs, un petit chien disgracieux et mal élevé avait partagé sa vie. Sa mort l'avait affecté au point qu'il n'avait jamais voulu en prendre un autre.

Amande connaissait bien Ichem. Mais ce n'était pas le cas de tous au village. Et les soirées trop arrosées à l'auberge où l'on avait vu les poings d'Ichem sortir et casser quelques dents avaient marqué les esprits. Deux fois, le sang avait coulé. Il n'y avait pas eu de blessure grave et pas de suites judiciaires non plus mais tout le monde s'en souvenait même si cela faisait plusieurs années maintenant. Bien sûr les torts étaient partagés et plus personne ne se souvenait de ce qui avait déclenché la bagarre avec le fils d'un viticulteur la première fois et avec un chasseur d'un village voisin la deuxième. Dans les deux cas, l'alcool avait bien savonné la planche et participé ensuite à la brièveté du combat. Ichem, sec comme un coup de trique, avait malgré les bières bues en grand nombre frappé vite et juste des corps déjà chancelants et des gueules déjà rouges. Ces deux fois de trop lui avaient valu une réputation de violence dont Ichem faisait semblant de n'avoir cure mais dont il avait aussi bien du mal à se défaire. Et si depuis, ces poings n'avaient plus cogné, la dureté de certains de ses regards laissait toujours des traces. Bref, Ichem n'avait pas que des amis au village et mieux valait éviter que les soupçons se dirigent vers lui car à coup sûr la rumeur prendrait alors des proportions inquiétantes.

Amande se doutait que Beaucaire s'était déjà épanché auprès de qui voulait l'entendre sur leur altercation et maintenant ce cheval blessé. Mais Beaucaire lui-aussi traînait quelques casseroles et son caractère cassant et orgueilleux avait plutôt tendance à l'isoler. Ichem avait en outre un avantage considérable pour lui, il faisait danser toutes les mamies qui le souhaitaient et pendant des heures à chaque fête du village. Il comptait donc quelques alliées susceptibles d'éviter que les médisances ne franchissent trop vite les portes des foyers honnêtes, dans un sens ou dans l'autre d'ailleurs.

Amande s'absorba dans les plannings des bénévoles qu'il lui fallait finaliser en trouvant des solutions pour combler les ultimes manques. Comme chaque année, tout le monde voulait être au bar et personne au parking. Elle griffonnait des prénoms dans chaque case reliant chacun à un visage. Tous ces visages lui étaient familiers, même si tous n'étaient pas à proprement parler ceux d'amis. Pour certains, leur intimité se limitait à l'expérience commune du festival. Ils ne se voyaient que dans ce cadre et ne savaient que très peu de choses de leur vie réciproque. Ils partageaient néanmoins un moment de haute intensité. Cela créait entre eux un lien précieux auquel elle tenait profondément. Amande ne voulait pas que ces retrouvailles soient gâchées par des histoires mesquines et un peu sordides. Le festival était une utopie et il devait le rester.

Lorsque tous se rassemblèrent pour le repas du soir, Sowet n'avait toujours pas réapparu. Ses disparitions soudaines, en particulier quand l'effort s'intensifiait ou que la météo se gâtait, étaient récurrentes et n'étonnaient que les nouveaux venus mais son absence au moment de passer à table restait inédite. Sowet, comme tous, se délectait de la cuisine de Séné et du blanc de Louis et il raffolait du tumulte de la parole auquel il participait largement et qui le grisait encore plus que le vin. Chacun y allait de son anecdote sur les travaux en cours, de la prochaine idée qui pourrait être testée sur le festival, de son souvenir d'une édition précédente ou de l'évocation des réjouissances à venir et surtout, les blagues et les éclats de rire fusaient. Les conversations sérieuses ou intimes occupaient d'autres espaces, elles s'épanouissaient plutôt en petit comité, dans la répétition d'une tâche un peu fastidieuse ou lors des pauses auxquelles obligeaient les travaux de force. Les repas au contraire se prenaient dans un brouhaha joyeux et superficiel qui pourtant unissait le groupe aussi sûrement qu'un mortier versé sur des pierres.

Mais l'absence de Sowet faisait une dent en moins dans un sourire. Difficile de ne pas la voir. Chacun tenta donc de se rappeler quand il avait vu Sowet pour la dernière fois et on ne mit pas longtemps à faire le lien entre sa brusque disparition et l'arrivée des gendarmes.

11.

Cette même fin d'après-midi, Beaucaire avait travaillé à changer les chéneaux le long de l'écurie. Chaque pan du toit descendait à moins de deux mètres du sol ce qui facilitait grandement la tâche. La rouille avait patiemment rongé les vieilles fixations et percé le fond des chéneaux eux-mêmes. Quand il pleuvait l'eau formait un rideau qui s'infiltrait le long du mur et en sapait les fondations. S'affairant du côté de la route, Beaucaire en profitait pour observer régulièrement le comportement de l'étalon blessé que Mag avait tout juste remis au pré. Ce dernier semblait s'être facilement accoutumé à son espèce de coque de protection. Il ne cherchait pas à s'en défaire en la frottant contre sa jambe ou un poteau. Le reste du troupeau, intrigué sans doute par son pansement, était venu le visiter dès son retour. Les soufflements et ébrouements sonores s'échangèrent longuement par dessus la clôture. Et même l'alezan brûlé fit le déplacement et huma son jeune rival avec curiosité. Le palomino paraissait satisfait de cette notoriété soudaine et hennissait régulièrement à l'adresse de ses congénères pour maintenir leur attention.

Les cinq chevaux supplémentaires devaient arriver d'ici une semaine et Beaucaire réfléchissait à comment profiter de la situation pour convaincre Garance de former un deuxième troupeau. On ne pourrait pas maintenir trop longtemps le palomino à l'isolement. Comme tout équidé, il avait besoin du contact de ses semblables pour son bien-être. Mieux valait donc organiser les choses que d'attendre qu'un jour il saute la clôture pour les rejoindre. Sa blessure récente le fragilisait et Beaucaire comptait bien utiliser cet argument. L'intégrer à un troupeau unique où l'alezan brûlé était légitime l'exposait à quelques coups et morsures qui aujourd'hui représentaient un risque élevé pour la bonne rémission de son oreille. Lui adjoindre la compagnie des nouvelles bêtes et constituer un deuxième troupeau comme Beaucaire le souhaitait pouvait donc être considéré comme une alternative raisonnable.

Mais Garance ne correspondait pas à sa définition d'une femme raisonnable. Elle était d'abord une femme volontaire qui menait sa barque. Son affabilité et ses sourires ne l'empêchaient pas d'avoir des idées bien arrêtées sur la manière dont le centre équestre devait être géré. Et si elle sollicitait régulièrement l'opinion de Beaucaire, et en particulier sur les questions touchant aux chevaux, il savait pertinemment que son avis n'était que consultatif. Leur collaboration était encore trop récente. Garance lui avait dit d'emblée qu'elle comptait sur son savoir-faire mais il avait senti qu'au-delà de ses compétences, elle cherchait à établir une relation de confiance plus globale. Beaucaire n'était pas dupe, sur ce plan-là, on n'y était pas encore. Il savait que son caractère raide et son manque de tact le desservaient et ses coups de sang successifs avec ceux du festival risquaient bien de se retourner contre lui, aussi légitimes soient-ils. Merde, une clôture défoncée et un cheval blessé, ce n'était pas rien. Beaucaire n'aimait pas cette bande de fêtards hétéroclites qui s'appropriait les lieux chaque année et ne semblait pas se soucier d'un vrai travail. D'ailleurs, il n'aimait pas non plus la bande d'ados qui traînassaient toute la journée dans le coin et qui chaque fois qu'il les croisait lui renvoyaient un regard bovin semblant condamner son agitation laborieuse du matin au soir. Beaucaire frappa violemment la paroi de l'écurie avec le marteau qu'il avait en main. La tôle, qui à cet endroit doublait les cloisons de bois, se déforma sous l'impact et de l'autre côté de la route, le palomino dressa la tête d'un coup. Beaucaire jeta le marteau à terre et, les deux mains posées sur les hanches, respira profondément pour se calmer. Il était dépité. Même seul, il réussissait à sortir de ses gonds. Réfléchir lui donnait mal à la tête. Il sentait que la situation lui échappait et qu'il fallait qu'il trouve une solution. Pour les chevaux mais aussi concernant Mag car c'est elle qui avait assisté au retour du palomino, c'est aussi elle qui l'avait sèchement rappelé à l'ordre quand la tension était montée et c'est évidemment elle qui n'avait pas manqué de rapporter l'incident à sa mère, ceci expliquant sûrement la distance que Garance et sa fille avaient maintenue avec lui depuis. Il ne savait décidément pas s'y prendre. Mag lui plaisait et il pensait que leur intérêt commun pour les chevaux suffirait à les rapprocher. Plus exactement, il s'était convaincu que ses postures viriles, ses muscles fins, ses connaissances équines et sa capacité à débourrer n'importe quel cheval attireraient la jolie et naïve cavalière. Il devait pourtant se rendre à l'évidence. Il n'en était rien. Et maintenant d'autres rôdaient autour d'elle. En début d'après-midi, il avait aperçu de loin Amande et Mérens revenir au centre équestre. Il s'était bien gardé de se montrer mais il avait vu Mérens se diriger vers l'écurie où il savait que Mag se trouvait.

Beaucaire ramassa son outil et enfonça rapidement quelques clous supplémentaires. Il était décidé à réagir pour reprendre l'avantage même s'il n'avait aucune idée précise sur la manière de procéder. Il fallait qu'il aille contre sa nature c'est-à-dire éviter le rapport de force et cajoler. En clair, il devait agir avec ses semblables comme avec les chevaux. Lorsqu'il pratiquait le dressage, Beaucaire ne perdait jamais patience et n'élevait jamais la voix. Ce n'était pas une méthode qu'il appliquait après l'avoir étudié dans un quelconque ouvrage. C'était le fruit de son expérience. Ses connaissances avaient été acquises dans la sciure des manèges et la terre grasse des champs. Il avait passé des nuits entières dans des écuries humides pour surveiller un cheval malade ou la mise bas d'une jument, patienté des mois avant de pouvoir poser la main sur le dos d'une bête apeurée, monté toutes sortes de chevaux en carrière pendant des heures et autant à les observer au pré. Il s'était vite rendu compte que la manière forte était aussi la moins efficace et la plus coûteuse en temps et en énergie. Le rapport de force initial entre l'homme et le cheval était trop disproportionné pour le rééquilibrer uniquement par la contrainte ou les haussements de voix. Il fallait que la douceur et la confiance s'installent. Beaucaire adoptait avec les chevaux un comportement qui contrastait fortement avec celui qui régissait ses relations sociales. Sa voix et ses gestes rassuraient les bêtes tandis qu'ils inquiétaient les humains. Leur degré de nervosité expliquait seule la différence. A peine descendu de cheval ou sorti de l'enclos, Beaucaire retrouvait malgré lui une certaine raideur, serrait la mâchoire et ses veines, de son cou jusqu'aux avant-bras, saillaient comme des rênes trop tendues. Sa voix, elle, se prostrait au fond de sa gorge et ne sortait plus que de manière brève et rugueuse.

Beaucaire devait parler à Garance et à Mag et maîtriser ses nerfs. En serait-il capable ? Il n'aurait pas misé trop gros sur lui mais il essaierait. Il décida de commencer par Mag, conscient de la nature très différente des enjeux comme de leurs conséquences et estimant qu'il serait plus facile de la convaincre. Une sorte de galop d'essai, se dit-il dans un sourire forcé et lucide sur le fait qu'il n'était pas encore au niveau de sincérité souhaitable dans pareille démarche.

Beaucaire réalisa qu'il n'avait jamais eu l'occasion d'une véritable conversation avec Mag. Depuis le rachat du centre équestre par ses parents, elle venait régulièrement mais souvent pour de courts séjours. Ils se croisaient la plupart du temps mais ne s'étaient jamais retrouvés longtemps ensemble et au final il ne savait pas grand-chose d'elle. Il l'avait souvent observé de loin, la jugeant comme il l'aurait fait d'une nouvelle pouliche. Ses cuisses galbées, sa poitrine nette sous ses hauts souvent un peu moulants et sa chevelure strictement tressée lorsqu'elle montait alimentaient depuis plusieurs mois chez Beaucaire des fantasmes agréablement inavouables. Mais son intérêt n'était pas que sexuel. Les yeux vifs de Mag témoignaient d'une force vitale qui l'attirait et sa jeunesse la rendait plus enjouée que sa mère dont le calme ne se départait jamais d'un certain sérieux. Bref, sans tirer de plan sur la comète, Beaucaire, assez sûr de son charme viril, comptait bien faire évoluer leur relation. Ce n'était d'ailleurs pas la première fois que le centre équestre lui offrait la perspective d'une aventure avec une jeune femme. Beaucaire représentait l'un des rares spécimens masculins dans un milieu de cavalières. Les chevaux jouaient involontairement les entremetteurs en établissant le contact et en rapprochant des corps serrés dans des tenues imprégnées d'odeurs musquées. L'atmosphère de courbes fumantes, de caresses et de muscles tremblants que les chevaux distillaient des écuries aux carrières contenait pour celles qui y étaient sensibles une charge érotique dont Beaucaire savait profiter. Ces rencontres n'avaient jamais duré très longtemps comme si le charme s'étiolait une fois passées les limites du centre équestre. Plus d'une de ces femmes avaient eu du mal à masquer leur étonnement ou leur dépit à se réveiller chez lui au petit matin comme si elles ne savaient plus ce qu'elles faisaient là et qu'elles trouvaient la situation au mieux saugrenue, au pire déplacée. Beaucaire n'insistait jamais. Il prenait ce qu'il y avait à prendre et c'est tout.

Beaucaire remballa ses outils à la nuit tombante. Il ne savait toujours pas ce qu'il dirait à Mag mais il espérait au moins découvrir ce que lui voulait Mérens un peu plus tôt cet après-midi.

12.

Buvard, assis sur une souche dans l'obscurité, jetait des petits cailloux sans même prêter attention à leurs ricochets sonores contre les grosses pierres qui encombraient le lit de la rivière. Il était contrarié. Sans savoir exactement où avait filé Sowet, il en devinait la raison mais n'avait rien voulu dire aux autres malgré leurs questions et leurs regards insistants. Ses dénégations n'avaient pas forcément convaincu tout le monde et surtout pas Amande dont le regard appuyé l'avait plusieurs fois mis mal à l'aise au cours du repas. Il était contrarié de mentir à ses amis mais ne pouvait pas trahir Sowet. Il espérait que celui-ci réapparaîtrait dans la soirée et donnerait lui-même des explications sur sa soudaine disparition. Mais rien n'était moins sûr. Bien que formant la paire, Sowet et Buvard étaient des solitaires. Chacun menait sa vie et ses affaires sans rendre de comptes à l'autre. Et si au final ils se disaient pratiquement tout, c'était le plus souvent a posteriori. Sur le moment chacun prenait ses décisions et agissait à sa guise. Sowet avait filé avec son petit camion aménagé, le même en plus rouillé que celui de Buvard, et pouvait très bien ne pas revenir avant quelques jours. Le démarrage prochain du festival rendait quand même cette hypothèse peu probable car Sowet, comme tous les autres, était attaché à ce rendez-vous qui donnait l'occasion de faire la fête avec des amis que parfois on ne voyait que là. Buvard avait bien sûr essayé de le joindre mais sans succès, il hésitait maintenant à partir à sa recherche. Sowet imaginait sûrement que les gendarmes en avaient après lui, ce qui n'était heureusement pas le cas et Buvard le lui avait dit par message même s'il était resté vague dans la formulation, mieux valait quand même être un peu prudent.

Quelques jours plus tôt Sowet avait fait un coup avec un autre ami. Buvard en visite chez sa mère du côté des montagnes n'avait pas participé à l'équipée. Sowet travaillait régulièrement comme saisonnier agricole et il avait par l'intermédiaire d'une relation trouvé une mission pour le compte de la chambre d'agriculture qui menait une enquête sur les pratiques culturales en viticulture. Sowet disposait d'une liste d'exploitations qu'il devait visiter pour recueillir des données générales, reconstituer l'itinéraire technique suivi sur les parcelles enquêtées et faire un état détaillé sur l'usage des produits phytosanitaires. Il s'agissait d'une mission confortable, correctement payée et qui l'avait amené à sillonner la région pendant deux mois à la rencontre de plusieurs dizaines de viticulteurs. Outre le plaisir à parcourir au volant de son petit camion les routes de campagne, Sowet avait fait des rencontres intéressantes, bu des bons vins et appris des tas de choses sur le monde viticole.

Dans l'une des dernières exploitations, le propriétaire lui avait fait une visite complète des lieux y compris un chai encombré de plusieurs palettes couvertes de cartons de six bouteilles prêts à être expédiés. Deux automnes précédents, des pluies diluviennes avaient déclenché une coulée de boue qui s'était engouffrée dans le bâtiment adossé à une forte pente et l'avait traversé de part en part. Les cartons avaient séché depuis longtemps mais ils étaient déformés et, comme les bouteilles elles-mêmes, maculés de traînées marronnasses. Le viticulteur expliqua rapidement qu'il ne savait pas trop quoi en faire mais qu'il était hors de question de tout réembouteiller. La vente ne couvrirait pas le temps passé et il n'était même pas sûr que le vin protégé d'un simple bouchon de liège n'ait pas souffert de cette soudaine montée des eaux. Il referma les grandes portes en râlant sur les délais de paiement de l'assurance qui presque deux ans plus tard n'avait toujours pas versé d'argent. Sowet, tout en l'écoutant formait déjà un plan dans sa tête pour revenir sur les lieux et voler ces cartons dont il faisait le pari que le contenu était encore tout à fait buvable. A gauche du portail du chai, il repéra une fenêtre qu'il serait sans doute facile d'ouvrir et qui permettrait de sortir les cartons sans difficulté. Par ailleurs le chai lui-même était situé en bord de route quelques centaines de mètres avant l'habitation principale du viticulteur. Le contexte était favorable et l'absence apparente de chien le décida complètement. Sowet n'était pas un délinquant mais il s'arrangeait avec la morale comme avec la loi quand une opportunité lui semblait bonne à saisir. Et puis là, il ne léserait personne. Le viticulteur avait fait jouer son assurance. Sowet avait même pensé lui proposer directement de le débarrasser de tout ce vin mais il n'avait pas osé s'exposer à un refus.

Une fois sa mission achevée et environ un mois après sa visite, Sowet était donc revenu accompagné d'une connaissance à qui il avait promis parts égales du butin. Il avait préféré laisser passer un peu temps dont il avait eu de toute façon besoin pour trouver un complice sûr en l'absence de Buvard. Tout s'était déroulé sans incident. Sowet s'était facilement introduit dans le chai par la fenêtre et avait sorti à la lumière d'une lune gibbeuse une cinquantaine de cartons prélevés sur différentes palettes. Son petit camion ne pouvait en supporter plus et il crut ne jamais réussir à le pousser dans la pente avant de rallumer le moteur et les phares un peu plus loin. Ce n'est que le lendemain qu'il se rendit compte de l'absence d'un objet fétiche qu'il avait toujours fourré dans la poche. Pour son dixième anniversaire, sa sœur lui avait offert un appeau à colvert joliment ouvragé dans du bois de cerisier. Il n'avait jamais vraiment eu l'occasion de s'en servir mais le considérait comme un porte-bonheur et l'avait toujours sur lui. L'appeau était sûrement tombé tandis qu'il franchissait la fenêtre du chai. Outre la colère d'avoir perdu un objet auquel il était très attaché, Sowet s'inquiétait que la découverte de l'appeau signe son forfait. Il fallait être pourtant très intime avec lui pour en connaître l'existence. Il le trimballait au fond de ses poches comme un talisman, le faisant jouer entre ses doigts discrètement sans jamais le sortir. Mais il le possédait depuis tellement longtemps qu'il ne pouvait savoir avec certitude qui avait déjà remarqué ce curieux cylindre de bois rouge.

Dès son retour, Sowet avait raconté à Buvard toute l'affaire et celui-ci avait cherché à le tranquilliser. Sowet pouvait avoir perdu son appeau à un autre moment et donc à un autre endroit. Ils étaient même retournés discrètement sur les lieux du larcin pour ratisser la zone d'herbes et de graviers sous la fenêtre du chai mais en étaient revenus bredouilles. Cela ne signifiait pas que l'appeau y avait été lui répétait Buvard. Le vol n'avait sûrement pas été découvert et personne n'avait donc intérêt à fouiller les lieux à part eux. Buvard trouvait son ami exagérément inquiet et nerveux. Appeau ou non, la disparition des bouteilles ne serait sûrement pas remarquée avant longtemps si tant est qu'elle le fut un jour. Et même dans ce cas, rien ne garantissait que le viticulteur se donne la peine de porter plainte ou qu'une enquête sérieuse soit déclenchée pour le vol de quelques bouteilles de vin frelaté. Buvard ne comprenait donc pas que son ami se mette dans tous ses états. Il avait espéré que l'intensification des préparatifs du festival permette à Sowet de se changer les idées et ce fut d'ailleurs le cas jusqu'à l'arrivée des gendarmes.

Buvard se leva, s'étira et rejoignit à pas lent le petit groupe qui finissait la soirée autour d'un feu allumé à même le sol sous le chapiteau. Les flammes éclairaient des visages fatigués mais satisfaits. Reda les jambes croisées laissait rôtir ses deux mollets dodus tout en somnolant sur le dos. Thomas, Clara, Séné et Harold bavardaient tranquillement tandis que Mercedes taillait avec son Opinel un morceau de bois dont les éclats tombaient en écailles sur le sol. Les ombres projetées sur la bâche colorée du chapiteau au-dessus de leur tête recomposaient les silhouettes et les gestes en une fresque mouvante et indéchiffrable. La petite forêt de poteaux qui soutenaient l'ensemble vibrait également dans la lumière orange. Seul un œil averti aurait pu remarquer la touffe de poils et le sang séché luisant sur un câble fin tendu entre deux poteaux dans l'attente d'un écran et sur lequel s'était précipité le cheval paniqué se sectionnant l'oreille au passage.

13.

Une lune timide cachait ses tâches de rousseur derrière un voile de nuages gris. La nuit resterait douce malgré un léger vent. La crinière du palomino piégeait ce courant d'air et gonflait avant de retomber comme un soufflet sur son encolure. Le cheval se tenait immobile dans la nuit, les yeux mi-clos mais la tête relevée. Dans l'autre parcelle, les deux juments bai se faisaient face et avaient déposé chacune leur tête sur le garrot de l'autre. Elles respiraient profondément tandis qu'un des poulains était allongé tout proche. La vieille jument broutait d'un pas tranquille. Un renard longeait la clôture et s'arrêtait régulièrement pour dresser l'oreille et humer la nuit. Il perçut haut sur la colline, et sans s'en inquiéter vu la distance, des bruits de pas sur le sentier qui slalomait entre les taillis de genêts cerclant la forêt.

Sur le site du festival, le travail de la journée avait eu raison de l'énergie de chacun et malgré le relatif inconfort du couchage, le sommeil avait entamé son processus réparateur. Harold et Mérens dormaient à nouveau côte à côte sur la scène principale. Buvard s'était ménagé une sorte de couche derrière le bar utilisant une légère dépression du sol où il avait accumulé de la sciure répandue partout pour limiter la boue et absorber l'écoulement des machines à bière. Clara et Thomas s'étaient réfugiés sous la petite tente dressée en lisière de bois dans l'autre champ. Tous les autres avaient regagné leurs maisons ou profitaient d'une hospitalité amicale avec de vrais lits garnis de couettes et de matelas confortables. Les tours de garde sur les champs étaient censés se faire par roulement mais en réalité c'était souvent la même équipe qui dormait sur place. La garde se limitait en fait à une simple présence qui se voulait dissuasive. Il n'était pas question de rester éveillé et de patrouiller à tour de rôle toute la nuit. Pour ceux qui choisissaient cette option, la nuit à la belle étoile faisait partie de l'aventure même si le sommeil y était plus léger et souvent dérangé par la symphonie désaccordée des chouettes, des sangliers et du vent dans les arbres.

Arrivé au point haut de la petite route, un fourgon perça l'obscurité en projetant deux faisceaux lumineux jaunâtres qui obliquèrent vers le bas alors que véhicule entamait la petite descente menant à l'entrée du festival. A travers le pare-brise, le visage de Sowet s'était figé et fixait avec stupeur une fine langue de feu qui serpentait sur plusieurs dizaines de mètres entre les arbres et les rochers en contrebas. Le feu dessinait une ligne continue et emmêlée sur elle-même comme une corde ardente laissée sur le sol. Les flammes d'une vingtaine de centimètres dansaient pour un improbable sabbat. Sowet accéléra et stoppa son camion au milieu de la petite route au niveau de la caravane de la billetterie. Il courut jusqu'à l'imposant groupe électrogène situé à l'entrée du site et qui fournissait toute l'électricité nécessaire aux diverses installations du festival. Le groupe électrogène alimenté en gasoil était évidemment coupé chaque nuit. La ligne de flammes démarrait à un mètre de la machine et s'en éloignait rapidement. Le groupe lui-même ne semblait pas endommagé mais Sowet remarqua tout de suite l'absence du bouchon qui habituellement fermait le réservoir. Sowet scruta la nuit à la recherche d'une présence humaine. Celui ou ceux qui avaient déclenché le feu ne devaient pas être loin, peut-être même l'épiaient-ils cachés tout près derrière le tronc des arbres et protégés par l'obscurité profonde. Ne percevant aucun bruit ou mouvement suspect dans le noir, Sowet courut jusqu'au bar où il était sûr de retrouver Buvard. Il le secoua rapidement et lui demanda de réveiller immédiatement Harold et Mérens et de le rejoindre au groupe électrogène puis il repartit en courant en sens inverse. Il reprit son poste de guet en attendant le renfort des autres.

Quelques minutes plus tard, trois visages ahuris et chiffonnés contemplaient les flammes dont la taille avait déjà baissé d'un bon tiers.

- Qu'est-ce que c'est que ce bordel ? s'exclama Harold.

- T'étais passé où ? lui demanda Buvard

Mérens suivait pas à pas la ligne de feu évoluant entre les arbres comme s'il cherchait à en déchiffrer le sens ou le message caché.

- J'ai aperçu le feu depuis le haut de la route. A mon avis cela venait d'être fait mais je n'ai vu personne, ni rien entendu. Je pense que le groupe électrogène a été siphonné exprès, y'a plus de bouchon sur le réservoir.

Buvard et Harold s'approchèrent du groupe et balayèrent le sol de leurs lampes frontales.

- Il est là le bouchon, dit Buvard en se baissant pour le ramasser. C'était un bouchon à clef dont la serrure avait clairement été forcée. Il le tendit à Harold.

- Putain, y s'passe quoi c't'année. D'abord le cheval, maintenant le feu ! C'est quoi la suite, c'est quoi le délire ?

Harold résumait à voix haute la sensation des autres. Les incidents s'accumulaient et cela ne pouvait pas être le seul fait du hasard. Dans les deux cas, il y avait eu départ de feu et c'était clairement des déclenchements volontaires. Chacun regardait en silence les flammes mourir lentement. Déjà la ligne continue s'interrompait en plusieurs endroits et d'ici peu l'obscurité serait à nouveau totale. Mérens proposa que Harold et lui finissent la nuit près du groupe électrogène au cas où. Il lui semblait peu probable qu'un nouvel événement se produise maintenant mais mieux valait prévenir, et il se sentait de toute façon trop alarmé pour retourner dormir.

Harold partit chercher leurs duvets tandis que Buvard et Sowet remontaient le pente du champ en direction du bar. Buvard en profita pour assurer à nouveau à Sowet que la venue des gendarmes n'avait rien à voir avec son vol de bouteilles. Sowet confirma qu'effrayé par leur apparition, il avait aussitôt pris la route sans savoir vraiment où aller. Il avait d'abord erré une bonne heure sur les petites routes de campagne à se demander quoi faire puis était descendu vers l'autoroute pour prendre la direction du sud où il comptait se planquer chez un ami. Ce n'est que deux heures plus tard, la panique ayant petit à petit cédé du terrain, qu'il avait écouté les messages que lui avait laissés Buvard. Il s'était alors arrêté sur une aire, avait mangé un morceau pour reconstituer l'énergie que son cerveau en ébullition avait dilapidé et repris la route pour sortir de l'autoroute à la première possibilité et faire demi-tour. Malgré l'incident de la nuit, il était profondément soulagé d'avoir retrouvé ses compagnons, ses quelques heures de solitude et d'inquiétude l'avaient éprouvé et à peine allongé sur sa couchette de fortune, il sombra dans un sommeil profond et vide.

Une chouette hululait et le son grave et doux de son chant enveloppait Mérens qui, adossé au tronc cannelé d'un arbre, plongeait son regard dans l'obscurité avec une telle intensité que celle-ci commença à vibrer de points imaginaires. « Il neigeait, et voici, nous en dirons merveilles : l'aube muette dans sa plume, comme une grande chouette fabuleuse en proie aux souffles de l'esprit, enflait son corps de dahlia blanc. »[1]

---

1 Saint-John Perse, Neiges

14

A défaut de neige, une rosée abondante et translucide s'était condensée sur les champs. Harold et Mérens avaient veillé sous le couvert des charmes qui les avait relativement protégés de l'humidité. Au petit matin ils se levèrent et inspectèrent à nouveau les lieux à la recherche d'un indice qui aurait pu leur échapper. Le feu avait laissé une empreinte sombre et irrégulière sur le tapis de feuilles et d'herbes sèches. La calligraphie calcinée restait muette, aucun message n'avait été révélé par le passage des flammes sur le parchemin de terre. Mérens et Harold, l'esprit embrouillé par le manque de sommeil, décidèrent d'aller prendre un café et de partager avec le reste de la bande le récit de leur nuit, histoire de ne pas s'épuiser seuls à tenter de percer ce nouveau mystère.

Buvard et Sowet, malgré leur nonchalance apparente, étaient deux lève-tôt. Accoudés aux larges planches de sapin assemblées pour former le long comptoir du bar, ils buvaient un café fort que Louis avait ramené dans un thermos bosselé et versé dans de petites tasses blanches ébréchées. Harold et Mérens les rejoignirent, et quand Amande et Ichem arrivèrent les bras chargés de viennoiserie, on élargit le cercle en s'asseyant autour d'un touret volumineux qui faisait office de table et sur des rondins débités dans des troncs d'épicéa en guise de tabourets. Sowet et les veilleurs informèrent leurs amis des événements de la nuit. Ils recommencèrent lorsque

Pierrot, Mercedes, Reda et Séné firent leur apparition et racontèrent tout à nouveau une demi-heure plus tard quand Clara et Thomas, les cheveux en bataille et la peau fripée, complétèrent la troupe.

Chacun accueillit la nouvelle avec un grand étonnement et une légère inquiétude tout en ne lâchant pas Sowet des yeux qui avait réapparu au petit matin sans explication. Et d'explications personne n'en demanderait frontalement. On se doutait que Buvard avait déjà connaissance de ce qui avait motivé la disparition et le retour de Sowet, on se doutait qu'Amande finirait également par le savoir. Pour le reste et pour les autres, la réserve était de mise. Et puis il était là maintenant, sa disparition était donc un sujet doublement relégué au second plan : par son retour et par les événements de la nuit.

Ichem, revanchard, soutenait l'hypothèse que Beaucaire soit à l'origine de l'incendie lancé comme un défi à l'approche du festival. Même si les tensions avec Beaucaire étaient avérées, cette piste ne convainquait pas grand-monde. Malgré tous ses défauts, la bande avait du mal à imaginer Beaucaire en rôdeur sournois attendant le milieu de la nuit pour commettre son forfait. Son style était plutôt la confrontation directe, le duel au grand jour avec beaucoup d'éclats de voix et de moulins de bras avant l'éventuel coup de poing final. Et puis surtout, le mode d'action ne lui correspondait pas. Beaucaire aurait mis le feu au groupe électrogène ou à la caravane, réalisé un sabotage brutal et efficace plutôt que d'écrire en lettres de feu un message incompréhensible.

Buvard tout en écoutant les avis des uns et des autres se surprit à imaginer la possibilité que Sowet lui-même soit le coupable. Détourner l'attention de son retour, et donc de son départ soudain, par un événement frappant mais finalement inoffensif - à part un bouchon bousillé – constituerait une manœuvre habile. Buvard se mordit les lèvres et rougit de honte face à ce soupçon incontrôlé qu'il évacua en se grattant fortement le nez. Sowet était bien trop attaché au festival et à la bande pour imaginer le moindre coup bas, aussi symbolique soit-il. Et surtout Sowet ne cherchait jamais à justifier ses actes. Il menait sa vie comme il l'entendait, sourd aux critiques comme aux conseils. Il assumait pleinement sa vie ordinaire de saisonnier agricole un peu fainéant et un peu roublard. Il ne jugeait personne et exigeait le même respect de la part de tous les autres. Et c'est bien en connaissance de ce caractère, que le groupe s'était abstenu de le bombarder de questions lorsqu'il était réapparu. Buvard, réveillé en pleine nuit, se l'était permis parce qu'au fil du temps leur relation était devenue plus fraternelle qu'amicale. Ils jouaient ensemble sur un terrain qui leur était propre. Buvard se mortifiait d'avoir laissé germer dans son crâne une idée aussi offensante pour Sowet. Il s'excusa intérieurement en fixant Sowet et reprit le fil de la conversation qui se poursuivait plus mollement maintenant. Passé la surprise et face à l'absence d'explications évidentes, chacun avait peu à peu accepté le mystère, du moins pour le moment, et concentrait son énergie et ses pensées sur cette dernière journée avant l'ouverture du festival.

On sentait Mercedes impatient de se replonger dans ses fiches techniques afin de peaufiner un accueil aux petits oignons pour les groupes qui avaient accepté de jouer pour pas cher sur une scène un peu branlante. La réputation de l'ambiance du festival et des talents de Mercedes pour réaliser un son parfait constituaient une motivation toujours puissante pour les artistes et facilitaient les négociations.

Séné était quant à elle passée en mode combat. Des équipes artistiques et de nombreux bénévoles grossiraient dès aujourd'hui les piles d'assiettes à servir. Sans renoncer à la finesse de ses recettes, ni à la bonne humeur que son sourire entretenait, elle organisait sa cuisine de campagne comme un camp militaire. Chaque chose avait sa place pour faciliter les déplacements. Elle encadrait maintenant une brigade bénévole qui exécutait ses consignes avec célérité pour venir à bout des cagettes de légumes empilées proprement et surveiller les cuissons dans de grandes gamelles en fer blanc posées sur des réchaud à gaz stabilisés grâce à un aménagement précaire de palettes de chantier.

Louis avait pour mission prioritaire de vérifier le groupe électrogène dont dépendait toute l'énergie du festival et qui devait à tout prix marcher sauf à se satisfaire de concerts acoustiques éclairés à la bougie. Leur charme n'était pas en cause et ils trouvaient d'ailleurs régulièrement leur place dans la programmation pour une proposition musicale en bord de rivière ou nichée dans une clairière. Mais personne n'imaginait le festival sans la pulsation d'une foule dansant à l'unisson, déferlant en vagues rapides vers la scène et martelant en cadence le sol. Cette foule joyeuse et vibrante puisait autant son énergie dans la musique amplifiée que dans le fait d'être ensemble, ici et maintenant. Du haut de la butte, les piliers de bar contemplaient en souriant ses murmurations humaines dont ils sentaient la chaleur remonter jusqu'à eux et les envelopper tout entier. Une excitation générale était alors aussi palpable que l'humidité de l'air et les organisateurs la savouraient comme un nectar. C'était leur carburant à eux. Mais pour boucler cette boucle, le groupe électrogène s'avérait indispensable et Louis devrait fouiller son garage encombré d'une multitude de boites où s'accumulaient des années de bricolage mécanique pour trouver un nouveau bouchon à serrure avec le bon entraxe pour le réservoir.

Cela lui faisait mal de le reconnaître mais Reda tenait plus de la tortue que de l'aigle. La comparaison ne valait pas tant pour son physique, même si sa forte corpulence contraignait sa vitesse de déplacement, que pour son caractère. Il avançait lentement et avec une bonne carapace. Depuis trois ans maintenant, une factrice tout à fait à son goût s'était installée au village et sa tournée desservait la petite maison mitoyenne qu'il occupait dans une rue coquette où chaque habitant rivalisait de pots en terre cuite alignés le long de la façade d'où s'échappaient des plantes variées. Il avait approché la jeune femme à son rythme. La première année il n'avait rien dit, la deuxième année il avait souri et la troisième il l'avait invitée à prendre un café qui depuis s'était répété quelques fois. Il lui avait parlé du festival et de leur recherche constante de bénévoles et la factrice s'était laissée convaincre de participer à l'aventure. Elle s'était portée volontaire pour cette édition du festival et les plannings d'Amande confirmaient qu'elle devait démarrer dès ce soir et intégrer l'équipe de Séné. La perspective de passer quatre jours en sa présence avait infusé dans la tête de Reda depuis des mois et il s'était fixé un objectif ambitieux, l'inviter à danser. Reda dansait avec une grâce étonnante quelle que soit la musique et inventait des chorégraphies simples mais très personnelles. Il était conscient de son talent mais n'en faisait pas étalage, c'était simplement pour lui une zone de confort bien plus sûre que le terrain de la conversation où il se torturait facilement l'esprit à peser chaque mot et son éventuelle interprétation. Bref, l'arrivée de la factrice mobilisait tellement ses pensées qu'il lui restait peu de place pour d'autres sujets. Il travaillerait avec toute l'énergie dont il était coutumier pour terminer les aménagements mais il ne fallait pas trop compter sur lui pour résoudre des énigmes dont les enjeux eux-mêmes n'étaient pas clairs et en tous cas infiniment moins impactants sur sa vie.

Sans le savoir mais exactement comme Reda, Mérens ne pensait plus qu'à Mag qui devait passer cet après-midi.

Autant dire que la responsabilité de la résolution des enquêtes en cours, celle du cheval blessé et celle du ruban de feu, était globalement et tacitement déléguée à Amande d'abord et à Pierrot ensuite. Ils en avaient d'ailleurs bien conscience même si eux-aussi avaient quelques autres chats à fouetter et donc peu de temps à y consacrer. Ils ne minimisaient pas les événements récents et l'ombre de la menace qu'ils faisaient planer. Mais concrètement, ils n'étaient pas plus avancés que les autres et le festival lui commençait demain. Tout devait être prêt et c'était la priorité évidente. La seule décision qu'ils prirent fut de passer à la mairie pour prévenir le maire et à l'auberge pour glaner d'éventuelles informations.

15.

Le palomino était attaché à un anneau de métal scellé dans le mur de l'écurie. Mag le brossait avec délicatesse dans la lumière naissante du matin. Elle aurait aimé le prendre avec elle pour participer au spectacle où elle devait intervenir mais sa blessure encore récente l'en dissuadait. Le palomino ne semblait pas dérangé par son oreille qui mettrait pourtant encore longtemps à guérir. Il avait retrouvé toute sa vivacité et sa curiosité. Elle hésitait donc un peu et aurait demandé conseil à sa mère si Garance n'étais pas partie tôt ce matin-là pour une journée de formation qui la retiendrait jusqu'au soir. Mag aurait pu en parler à Beaucaire mais elle y répugnait. Son indifférence initiale vis-à-vis de cet homme qu'elle avait trouvé d'emblée trop rugueux s'était muée en réticence face à une brutalité qu'il avait du mal à contenir et dont elle ignorait les limites.

Elle n'avait rien à lui reprocher en matière de chevaux. Elle constatait en revanche la tension qu'il mettait dans chaque rapport humain. Rapport de pouvoir avec sa mère, agressivité avec ceux du festival et tension érotique avec elle. Elle avait surpris les regards obliques qu'il posait sur elle et qui fouillaient ses vêtements pour atteindre la peau. Leur relation était biaisée car ce n'était pas la cavalière qui l'intéressait en elle. La veille, Beaucaire était venu lui parler en fin de journée. A sa main pendait une lourde caisse à outils qu'il n'avait pas posée le temps de la conversation comme si son poids était négligeable. Il se tenait devant elle avec assurance et semblait en permanence moduler le ton de sa voix pour en maîtriser le rythme et la hauteur. Elle avait l'impression d'écouter une radio dont on règle la fréquence et avait beaucoup de mal à se concentrer sur ses propos. Le son n'était pas juste. Ils avaient échangé quelques banalités sur les chevaux sans revenir sur le cas du palomino. Beaucaire lui avait proposé de monter ensemble les deux juments bai le lendemain après-midi afin de les défouler un peu et il n'avait pu masquer un rictus agacé lorsqu'elle avait décliné en l'informant de son engagement pour le festival. Il avait mis rapidement un terme à leur échange avec la proposition d'« une autre fois, alors » qui retomba lourdement entre eux comme une pièce qu'on lance mais dont personne ne se saisit. En le regardant s'éloigner de sa démarche raide, elle s'en voulait déjà de ne pas s'être montrée un peu plus amicale. Elle se rabrouait en pensant à sa mère. Elle ne voulait pas compliquer la relation que Garance devait avoir avec Beaucaire puisqu'elle avait choisi de le maintenir à son poste. Mag savait bien que sa simple présence avait changé la donne. Elle plaisait généralement aux hommes. Sa beauté classique faite de courbes fermes et généreuses, de pommettes hautes et de longs cheveux noirs, aurait pu être intimidante si son regard calme et profond ne donnait pas l'impression que chacun pouvait tenter sa chance, qu'il ne serait pas préjugé, qu'il n'y avait pas d'autres postulats de départ qu'une sincérité totale dans la démarche et une certaine vigueur, ce qui, à bien y réfléchir, faisait déjà beaucoup.

Mais Beaucaire ne lui plaisait pas. Elle ne le sentait pas. Elle n'avait pas envie de lui. Affaire classée. Elle devait en revanche admettre que la perspective de revoir son petit Ariégeois avait déclenché dès son réveil un influx nerveux qui perturbait son corps et son esprit. Une perturbation plutôt agréable à vrai dire. D'autant que Mag vivait une période affective d'une grande liberté. Elle s'autorisait chaque aventure où elle pressentait que le plaisir physique et relationnel serait supérieur à la charge émotionnelle. Malgré sa jeunesse, elle avait vécu une longue histoire dont la fin relativement récente et pourtant convenue en accord l'avait laissée hébétée et dubitative. Ce n'est pas qu'elle se méfiait des sentiments mais elle voulait pour quelque temps inverser le processus qui conduisait généralement sa vie affective. Si les sentiments se révélaient, et bien il serait toujours tant de les accepter. Le plus dur était évidemment de s'assurer que l'autre partait bien du même point de départ. C'était rarement le cas. C'est pourquoi elle avait opté pour la franchise et exprimait toujours assez rapidement là où elle en était. Elle attendait de son partenaire la même franchise. Saisir le paturon droit arrière du palomino dans l'intention de lui curer le sabot mit fin à ses réflexions. La position relativement inconfortable, la tension musculaire dans les cuisses et le soin qu'il fallait porter à l'opération ne se prêtaient pas à la divagation des pensées. Et cela convenait d'ailleurs parfaitement à Mag. Elle allait vivre sa journée avec entrain et simplicité et saurait bientôt si son attrait pour Mérens se confirmait.

Mag ramena le palomino au pré et déplaça son regard sur le reste du troupeau dans l'autre champ pour choisir la monture qui l'accompagnerait cet après-midi. Elle arrêta sa décision sur la jument isabelle qu'elle connaissait pourtant assez peu. Son premier choix s'était porté sur une des deux juments bai mais elle craignait que leur séparation rende celle qui resterait au pré nerveuse et agitée. L'isabelle avait du caractère mais, comme tous les chevaux du centre, elle avait l'habitude du public et sa silhouette élégante conviendrait parfaitement pour un spectacle se dit Mag tout en réalisant qu'elle ne savait pas précisément ce qu'on attendait d'elle. Elle entra dans la parcelle et les deux poulains s'approchèrent aussitôt. Leurs naseaux frais et humides la reniflaient puis soufflaient bruyamment avant de se tendre à nouveau en direction de ses paumes ou de la pousser doucement dans le dos. Ils ne manifestaient aucune rivalité entre eux et agissaient en complices pour l'empêcher d'avancer, lui barrant le passage ou gênant ses mouvements. D'un coup le jeu s'arrêta et les deux poulains se détournèrent pour brouter quelques touffes d'herbe jaunâtres. Mag s'approcha de l'isabelle qui la fixait de son œil luisant et lui passa le licol sans difficulté. La jument semblait déjà avoir compris ses intentions et lui emboîta le pas. Après une toilette en règle et peut-être même un tressage de la crinière qu'elle avait longue et souple, Mag la mettrait au box avec une bonne ration d'avoine en attendant le départ pour le festival.

Mag marchait au côté de la jument pour la ramener au centre et contemplait cette campagne qui lui était déjà familière tant elle ressemblait au damier de collines, de prés et de bois criblé d'habitations où elle avait passé son enfance. La même nature quadrillée et domestiquée au service des activités humaines. Les mêmes parcelles composant un tableau paisible et bucolique aux yeux des hommes mais où l'espace était éminemment fragmenté. Les routes et les clôtures barraient vite le passage et personne ne se perdait dans les bois. Le sauvage se nichait dans les interstices mais en restant à la place qu'on lui avait assignée et à une échelle réduite. Mag, imprégnée de ces paysages depuis l'enfance et actuellement en fin d'études dans une grande ville, savait qu'elle voulait aujourd'hui éprouver de plus larges horizons. Une phrase d'un héros de papier l'avait marquée lors de sa lecture : « la bonne échelle pour l'Homme, c'est la grande échelle, celle qui le ramène à sa propre fragilité, celle qui le force à l'humilité. »[2]

_____

2 Atlan Iowen, Au feu les pompiers

16.

Reda et Pierrot s'éreintaient à creuser à grands coups de pelle les fosses des toilettes sèches que l'on rebouchait chaque année lorsqu'Amande donna le signal du départ de leur petite délégation pour le village, comme cela avait été convenu en début de matinée. Reda proposa de les conduire dans sa vieille bagnole et Amande accepta. Consciente de son rôle central dans la vie de cette communauté éphémère, elle restait attentive à ne pas limiter le libre-arbitre de ses camarades lorsque ce n'était pas nécessaire. Elle aurait préféré y aller seule avec Pierrot mais Reda avait manifestement envie de les accompagner. La perspective de se jeter un petit blanc frais à l'auberge n'était sûrement pas étrangère à sa motivation.

Les trois s'engouffrèrent dans la voiture de Reda et Pierrot, assis à l'arrière, se serra contre la vitre du même côté qu'Amande espérant ainsi rétablir l'équilibre des poids. Peine perdue, le siège conducteur s'affaissait considérablement et toute la voiture semblait pencher de son côté, les amortisseurs avaient jeté l'éponge. Les quelques kilomètres furent avalés rapidement et ils se garèrent le long de la place du village dont le sol en terre battue tenait lieu de terrain de boules ou de billes en fonction de l'heure de la journée. Ils la traversèrent pour gagner la mairie abritée dans une maison de pierre que seul le porte-drapeau vissé au-dessus du perron de trois marches distinguait des maisons voisines. Une pancarte de plastique transparent fixée sur le côté droit de l'entrée annonçait le fonction du bâtiment et les horaires d'ouverture. Assise derrière un bureau moderne mais sans style, encombré de piles de courrier et de photos encadrées, Véro, la secrétaire de mairie, leur annonça que le maire n'était pas là.

Sa fonction faisait néanmoins d'elle l'une des personnes les mieux informées du village d'autant que lorsqu'elle ne travaillait pas, Véro se postait sur l'un des quatre bancs de la place, sa maison jouxtant la mairie. Ces quelques mètres carrés concentraient donc chaque jour les versions officielle et officieuse de tout événement qui rythmait la vie du village et Véro en était la première dépositaire. Si elle avait été en couple avec l'aubergiste, qui régnait sur le second centre névralgique d'informations, elle aurait pu prétendre à une forme d'omniscience locale mais Véro revendiquait son célibat et ne buvait pas une goutte d'alcool.

Elle écouta Amande lui résumer le motif de leur visite et les récents incidents. L'escapade du cheval lui était déjà en partie connue. Elle leur appris en retour que le week-end précédent les gendarmes avaient été appelés pour un départ de feu sous le hangar à foin d'un agriculteur du village. Des dizaines de balles rondes étaient stockées là, la plupart enrubannées dans leur film plastique vert. A l'une des extrémités du hangar, qui consistait en fait à un toit de tôle à deux pans soutenus par quatre piliers, de vieilles balles non filmées et entassées à la va-vite formaient une pyramide précaire et très ajourée. On pouvait facilement s'asseoir entre deux balles du socle. Ce côté du hangar tournait le dos à la ferme mais quand l'agriculteur et son fils rentrèrent tard d'une fête locale, ils aperçurent immédiatement la lueur de flammes à l'arrière du bâtiment. Une langue de feu de trois mètres de haut léchait la surface des balles et séparait la pyramide en deux. Sans la présence à proximité d'une tonne à eau qui leur permit en grimpant rapidement sur les balles d'éteindre la colonne de feu, les conséquences auraient pu être bien plus dramatiques. Le fils veilla toute la nuit, tuyau en main, pour s'assurer que le feu ne reparte pas et le père attendit le matin pour prévenir les gendarmes qui avaient constaté les faits et pris quelques photos.

Voilà, Véro leur avait dit tout ce qu'elle savait et elle s'engagea à informer le maire de leur venue. Il serait de toute façon présent le lendemain pour l'inauguration du festival mais les appellerait sûrement d'ici là s'il avait du nouveau.

Pierrot et Amande rejoignirent Reda qui avait préféré les attendre sur un banc de la place espérant secrètement apercevoir la factrice dont les bureaux exigus et bariolés de jaune étaient situés face à la mairie. Il se leva avec raideur et leur emboîta le pas en direction du café du village où se rassemblaient chaque fin de matinée son lot d'ouvriers agricoles et de vieux redevenus célibataires, les premiers motivés par la cuisine copieuse et goûteuse de Maria, les deuxièmes par la compagnie bruyante qu'offrait cette salle où les conservations résonnaient contre les murs décorés de photographies du village du début du siècle et de celles plus récentes de l'équipe de foot locale. Au-dessus du bar une déclaration des droits de l'Homme et du Citoyen rappelait à chacun ses devoirs civiques tandis que la grille des tarifs punaisée juste à côté insistait sur le premier d'entre eux car la maison ne faisait pas crédit.

La clochette fixée au dessus de la porte signala leur entrée et tous les regards, par réflexe plus que par curiosité, se tournèrent vers eux avant de se replonger qui dans leurs verres, qui dans leurs cartes. Au comptoir quatre agriculteurs serrés dans leur combinaison de travail verte buvaient un ballon de vin rouge avant de passer à table. Joël, le patron du bar, leur fit un signe de tête sans s'arrêter de laver des tasses à café dans l'évier. Pierrot, Amande et Reda se serrèrent sur le côté gauche du bar et Reda leur demanda aussitôt ce qu'ils voulaient boire précisant que c'était sa tournée.

- Deux cafés et un blanc, Joël s'te plaît ! commanda Reda.
- Si vous avez le temps de venir ici, c'est que tout est fin prêt pour demain, les taquina Joël qui n'avait pas

l'habitude de voir ceux du festival en pleine de journée. Leur heure était plutôt celle du soir et encore c'était loin d'être tous les jours, la charge de travail comme le cadre bucolique les retenaient sur les champs où du reste ils disposaient de leur propre comptoir mais il leur arrivait parfois de venir s'affaler dans les chaises en plastique vert foncé de la terrasse pour descendre une bière artisanale dont la saveur leur était familière puisque le même brasseur local fournissait le bistrot et le festival.

- Ça avance normalement mais on aura bien besoin de tout le temps qui nous reste pour finir, surtout si on continue à nous en faire perdre, déclara Amande qui entra directement dans le vif du sujet.

- Qu'est-ce qui se passe ? demanda Joël, saisissant immédiatement que leur visite dépassait le plaisir de l'apéro.

- Quelqu'un a répandu du gasoil et y a mis le feu la nuit dernière. Il n'y pas de dégâts mais notre groupe électrogène a été forcé et cela aurait pu être grave. Et tu dois déjà savoir qu'on a récupéré un cheval du centre équestre en sale état il y a quelques jours.

- Ouais, j'suis au courant, confirma Joël.

- Véro nous a aussi appris qu'un gars avait eu un feu dans son hangar, reprit Amande. Alors je me dis que cela commence à faire beaucoup et que certains ont pris un peu trop goût aux allumettes.

Les quatre agriculteurs avaient stoppé leur conversation et écoutaient ostensiblement les propos d'Amande.

- J'connais le gars chez qui ça a brûlé, les gendarmes sont passés mais y z'ont rien trouvé, dit le plus vieux.

- Moi j'dis, c'est un pompier, chaque fois qu'il y a des départs de feu comme ça, c'est un pompier qu'a fait le coup, ça augmente leur prime !

Amande et Pierrot reçurent l'hypothèse du plus jeune des agriculteurs d'un air un peu interloqué et se retournèrent vers Joël.

- On est passé voir le maire pour croiser nos infos mais il est sorti, tu en sais plus toi ?

- Non, j'ai su pour le cheval et pour le hangar mais...

- A chaque fois qu'ils font une sortie, ils touchent une prime, l'interrompit le jeune. Joël le foudroya du regard.

-… mais pas plus, et je n'ai vu ni les gendarmes, ni le maire récemment.

- Bon, on sait pas si tout ça a un lien mais le contraire serait étonnant, ajouta Pierrot, et on aimerait pas que ça gâche le festival.

- J'comprends dit Joël, et vous comptez faire quoi ?

- Rien, être vigilant c'est tout, on est nombreux sur les champs maintenant et on va s'organiser pour veiller cette nuit. J'vois pas ce qu'on peut faire de plus, lui répondit Amande.

- Vous allez porter plainte pour le groupe électrogène ? demanda Joël.

- On en a pas encore discuté, dit Amande, mais c'est sûr qu'on va les informer. Y sont venus pour le cheval, un gendarme qui s'appelle Bartas, t'aurais son numéro direct ?

- Non, vous auriez du demandé à Véro, suggéra Joël.

- Dites-leur pour les pompiers, ajouta le jeune.

- Tu commences à nous plaire avec tes pompiers, lança Reda avec un regard noir.

- Ça va, dit Amande.

Ils sortirent du bar pas plus avancés qu'avant d'y être entrés. Reda, le visage fermé d'avoir été rabroué par Amande en public, traversait déjà la place à grand pas en direction de sa voiture. La bande d'ados, arcs en bandoulière, déboula à pleine vitesse sur des vélos bricolés et le força à stopper sa marche un instant. Reda eut un mouvement de bras rageur à leur encontre mais les ados ne le remarquèrent même pas. Ils disparurent dans un dernier dérapage à l'angle de la place et seul un fin nuage de poussière en suspension attestait leur passage. Pierrot et Amande débouchèrent à leur tour sur la place et s'installèrent dans la voiture sans un mot remâchant leur frustration d'avoir perdu leur temps. Ils reprirent la route en silence. Le risotto aux épinards que Séné parsèmerait au tout dernier moment des petits pompons mauves de la ciboulette sauvage chasserait bientôt leur morosité en remplissant leur ventre tout autant que leur tête.

17.

Mercedes et Thomas tiraient des câbles depuis le milieu de la matinée. C'est fou les kilomètres de câbles qu'il fallait pour conduire le courant électrique aux quatre coins des champs et que tout fonctionne. Chaque année, Mercedes se promettait de calculer la longueur totale de câbles qui était déployée et chaque année abandonnait devant la grandeur laborieuse de la tâche et l'absence totale d'intérêt pour le résultat. Les câbles étaient enterrés ou circulaient astucieusement dans les branches comme des serpents arboricoles, ils louvoyaient entre les troncs et les rochers, s'enroulaient autour des pieds de table ou des poteaux pour éviter qu'une grolle inattentive ne les arrache sèchement et mordaient enfin les prises des frigos cabossés, des tireuses bientôt pelliculées d'humidité, du terminal bancaire de la billetterie, des guirlandes multicolores et des innombrables lampions disséminés autour des bars qui une fois la nuit tombée figeaient leur feu d'artifice au-dessus du public.

A l'approche des scènes, des câbles plus épais s'éclataient en plusieurs brins comme des nâgas et filaient en tous sens autour de la structure dans un fouillis que seul Mercedes parvenait à démêler d'un regard. Thomas et lui tiraient la plupart des câbles du festival, ils étaient devenus experts pour les rendre discrets et s'assurer qu'aucun court-circuit ne vienne gâcher la fête. Ils vérifiaient les connections, scotchaient des sacs en plastique noirs autour des raccordements pour les protéger de la pluie car tout le matériel n'était pas étanche, loin s'en faut, d'autant qu'au fur à mesure des jours et des besoins s'ajoutaient une rallonge prélevée à la cave ou une multiprise débranchée derrière un lit. Tout cet équipement à la provenance plus ou moins douteuse devait donc être vérifié et assemblé avec soin. Mercedes réservait évidemment le matériel le plus sûr et le plus professionnel pour les scènes. Selon lui, tout pouvait partir en gerbes d'étincelles sauf les enceintes, les amplis et tous les projecteurs. Il en allait tout simplement de son honneur. En réalité, l'hétérogénéité du matériel électrique et les conditions pas toujours orthodoxes de son utilisation n'empêchaient pas Mercedes de mettre au point, à grands renforts de circuits séparés, de disjoncteurs différentiels et de compétence méticuleuse, un système fiable, capable d'affronter l'orage et qui ne leur avait jamais fait sérieusement défaut.

A l'arrière de la scène, Thomas, torse nu, sa chemise à carreaux nouée autour des reins, enfonçait à l'aide d'une massette un piquet de terre improvisé avec un bout de fer à béton dans le sol encore gras du printemps tandis que Mercedes coupait le fil vert et jaune à la bonne longueur pour raccorder le piquet au compteur. Les deux travaillaient efficacement, chacun complétant l'autre et anticipant la suite de opérations sans avoir besoin de parler. Mercedes était plutôt taiseux et Thomas qui avait la langue bien pendue avait au début de leur collaboration été décontenancé par son silence ou ses réponses laconiques, il ne savait pas comment les interpréter et s'en sentait mal à l'aise. Mais au fil des années, constatant que Mercedes lui proposait toujours et avec un enthousiasme évident de faire équipe pour l'installation électrique, il avait fini par apprécier ces longues heures de travail muet qui le reposaient de ses propres jacasseries. Une fois les dix derniers centimètres réglementaires du piquet dépassant du sol, Thomas prit la brouette chargée de bobines électriques et de matériel divers et la poussa en direction du bar où il devait répéter la même opération. Mercedes, un genou à terre, donnait un dernier tour de vis au collier qui serrait le fil contre le piquet, quand son regard s'arrêta sur un petit cylindre de bois rouge à demi caché dans l'herbe. Il le ramassa et l'inspecta. C'était un appeau pour un canard quelconque comme la fine gravure sur le corps oblong le laissait supposer. Il se tourna vers Thomas pour partager sa découverte mais le vit déjà à mi-pente, le dos courbé sur la brouette, ses mains tenant fermement les poignées comme les cornes d'un taureau qu'il forçait péniblement à reculer.

Mercedes fourra l'objet dans sa poche, s'étira et prit lui aussi la direction du bar où il apercevait Louis et Clara en train de siroter une bière bien fraîche au comptoir. On était la veille du festival et la tireuse avait été mise en route, tant pour tester le matériel et s'assurer de la bonne température de la bière le lendemain que pour fluidifier les efforts de l'équipe toujours plus nombreuse qui œuvrait sans relâche depuis plusieurs jours. Et puis parce que c'était la fête. Le festival ne durait pas que les trois jours officiels, il durait tout le temps de sa préparation et de son démontage pendant lesquels une fête de moindre intensité certes et en plus petit comité battait néanmoins son plein de sourires fatigués, de rencontres amoureuses, de rires tonitruants, de chamailleries de gamins, de conversations enflammées et de regards brillants.

Organisé autour de la tireuse, le bar était donc devenu le lieu de toutes les attentions où chacun se débrouillait pour avoir quelque chose à peindre, à fixer, à apporter en fin de matinée ou d'après-midi. Reda ne cherchait même pas de prétexte pour venir à intervalles réguliers actionner la manette de la machine dès qu'elle était mise en fonction et il invitait tous ceux qui passaient à proximité à trinquer avec lui, détestant boire seul mais le faisant quand même, personne n'ayant son endurance en la matière. Clara, plus jolie que jamais avec sa fine moustache de mousse tendit une bière à Thomas qui la saisit de la main gauche tandis que son pouce droit caressa la lèvre écumante de Clara avant de revenir vers sa propre bouche. Ils attendirent l'arrivée de Mercedes et trinquèrent ensemble à l'endroit même où d'ici quelques heures une foule bruyante et colorée se presserait contre les planches rugueuses pour attirer au plus vite l'attention d'un serveur et partager le pain liquide dans une communion païenne et joyeuse. Le comptoir était dimensionné en conséquence, dix-huit mètres d'un plateau large et robuste et élevé à hauteur de poitrine - sans compter les retours qui offraient aux plus malins un raccourci précieux – repoussaient facilement toutes les attaques de bar menées par une armée désorganisée et pacifique.

Mercedes sortit de sa poche sa trouvaille pour la montrer aux autres et l'appeau tourna de main en main chacun y allant de son commentaire. Délicatement tenu entre le pouce et l'index, Clara le roulait entre ses doigts et en admirait la couleur acajou tandis que le canard se blottissait par intervalle au creux de sa paume. L'objet ne disait rien à personne et Louis s'étonna de sa présence alors qu'on n'était pas du tout dans une zone d'étangs et qu'à sa connaissance personne dans l'équipe ne chassait. Peut-être qu'un chasseur l'avait perdu en traversant clandestinement les lieux, ce qui arrivait encore de temps en temps malgré le retrait des terrains où se déroulait le festival de la société de chasse locale depuis plusieurs années maintenant. Clara rendit l'appeau à Mercedes qui le fourra à nouveau dans sa poche et la conversation glissa de la chasse, qui n'intéressait personne ici, vers les meilleures expériences culinaires de chacun en matière de canard. Les ventres avaient parlé et les bières furent finies d'un trait pour rejoindre les longues tables de Séné où une bonne dizaine d'affamés étaient déjà installés.

18.

A l'entrée du champ, le chemin suivait la courbe de la rivière et disparaissait derrière une petite butte boisée, de sorte que la jument isabelle apparut d'un coup aux yeux de la rangée qui depuis le haut de la pente faisait face à l'entrée. On eut donc la moitié de chaque tablée soudain bouche bée tandis que l'autre, tournant le dos à la scène, mastiqua et palabra encore quelques instants avant de réaliser le silence et les regards fixes des convives d'en face et d'enfin se retourner d'un bloc pour voir ce grand cheval, dont la crinière noire fouettait le cou jaune sable à chaque pas, s'avancer majestueusement vers eux. Mag qui marchait à son côté droit n'apparut vraiment qu'une fois que le cheval fut dans l'axe perpendiculaire à la grande table. Elle ne lui vola la vedette que dans les yeux de Mérens qui, dès qu'il l'aperçut, se leva pour l'accueillir. Pierrot vint également à sa rencontre et proposa aussitôt un café en compagnie des artistes arrivés dans la matinée pour le travail de répétition de l'après-midi.

Mag attacha son cheval à la branche d'un noisetier qui retenait la clôture vermoulue dans son effondrement. La pente du sous-bois se faisait forte juste après la barrière par dessus laquelle la jument tendit le cou pour renifler les fleurs blanches d'oxalis qui se refermèrent aussitôt sous la menace. Mag caressa l'encolure ocre un bref moment avant de rejoindre le petit groupe assis au bout d'une table couverte d'une épaisse toile cirée entaillée en de multiples endroits comme si le motif de gros fruits colorés avait leurré les plus distraits qui, sortant leur couteau, avaient cherché à peler les poires plastifiées. Mérens, les coudes posés sur la table et sa tasse fumante lui chauffant les paumes, cachait difficilement sa frustration d'avoir laissé Pierrot prendre les choses en main. Il avait imaginé faire d'abord le tour des champs avec Mag, lui faire découvrir son domaine. Il était fier de l'ingéniosité de leurs installations et de la manière dont elles se fondaient harmonieusement dans les lieux. Il était d'ailleurs fier des lieux eux-mêmes, de la petite cascade, des pentes douces en gradin naturel, des frênes alignés en fond de scène, de l'ombre du sous-bois, du sentier brun le long de la rivière, du charme des bosquets de charmes. Il aurait aimé être seul un moment avec Mag avant qu'elle ne soit happée par l'agitation ambiante et collective. C'était évidemment un vœu pieux, dans cette dernière ligne droite, le site du festival grouillait d'activités, on s'affairait partout et en tous sens et l'heure n'était pas à la promenade qui se serait de toute façon faite sous le feu de regards curieux et volontiers indiscrets car c'était aussi le jeu de ce moment propice à la recomposition des cœurs.

Et son cœur, Mérens le sentait, avait réalisé un double saut périlleux dans sa poitrine. Tout son corps se réorganisait en conséquence, son sang accélérait, son cerveau focalisait, ses yeux s'élargissaient, son ventre se creusait, son bas-ventre chauffait, ses mains s'ouvraient et se refermaient, frustrées, sur le vide. Il regardait Mag à la dérobée et savait que les prochaines heures seraient effectivement sportives : réussir à maintenir sa concentration et finir le job tout en subissant l'invasion d'une pensée obsessionnelle qui balaierait tout sur son passage. Il ne craignait pas cette tension intérieure, accueillait la vibration qu'elle déclenchait et sentait une énergie caractéristique s'accumuler en lui.

Il admirait l'aisance immédiate que Mag manifesta face à ces personnes et ce contexte inconnus. Elle écoutait avec attention pour bien comprendre ce que l'on attendait d'elle, confirmait ce qui lui paraissait possible sans surjouer une expertise qu'elle n'était pas sûr d'avoir. Mérens, qui n'avait plus tellement de raisons de s'attarder ici, cherchait quelque chose à dire de pertinent pour justifier sa présence. Mais rien ne lui venait et plus le temps passait, plus il avait la sensation que tout le monde s'en rendait compte. Sa gêne grandissait et Mag ne lui avait pas jeté un regard depuis le début de la conversation. Il allait se lever discrètement quand Pierrot se tourna vers lui et lui demanda d'accompagner Mag et les artistes sur le lieu du spectacle pour qu'ils puissent commencer la répétition. Il accepta et tourna la tête vers Mag et le sourire ravi qu'elle lui adressa électrisa son épine dorsale.

Mag détacha la jument et le groupe prit la direction du pré d'en face. La jument rechigna à s'engager sur le petit pont qui traversait la rivière. Elle reniflait avec méfiance les planches de bois disjointes et ses oreilles tournaient en tout sens désorientées par les clapotis saccadés de l'eau qui heurtait les pierres. Mag ne voulait surtout pas braquer son cheval et décida de faire le tour en rejoignant la petite route dont le pont goudronné proposait un itinéraire plus rassurant. Un des artistes l'accompagna tandis que Mérens conduisit les autres jusqu'au site prévu où Mag les rejoignit rapidement. L'espace de jeu était adossé à la lisière du bois. Et c'est de ce bois qu'au moment convenu le cheval et sa cavalière devraient émerger au pas, traverser la scène puis le public et disparaître au lointain. Il fallait donc caler les déplacements précis et surtout habituer le cheval à la musique, à la voix et aux mouvements parfois brusques des comédiens. La traversée du public ne pourrait pas se répéter mais Mag avait demandé que des organisateurs en nombre suffisant soient présents pour initier le mouvement d'ouverture de la foule et encadrer le passage. Elle était plutôt confiante et excitée à la perspective de participer pour la première fois à un spectacle. Mérens avait rempli son rôle et devait maintenant les laisser travailler d'autant qu'il était lui-même attendu par Harold pour fignoler la décoration de la grande scène. Il lui souhaita bon travail et lui proposa de partager une bière en fin d'après-midi avant qu'elle ne parte. Elle acquiesça sans mot dire mais avec ce même sourire.

Il rejoignit Harold qui évidemment le charria copieusement. Il avait d'emblée perçut l'attirance de Mérens pour Mag et toute une série de bons mots, selon lui, mais plutôt graveleux en vérité et empruntés au monde équin, ponctua l'après-midi pour le plus grand plaisir de Mercedes qui n'en perdait pas une miette et s'esclaffait bruyamment. C'était de bonne guerre et Mérens s'en foutait. Il aurait fait exactement la même chose de toute façon et il savait qu'il n'y avait ni méchanceté, ni jalousie dans la bouche de Harold. Au fond, Harold se réjouissait pour lui et saurait se tenir en présence de Mag.

Mag de son côté s'abandonnait au jeu du théâtre. Elle avait perçu le trouble de Mérens et elle-même avait ressenti une excitation évidente à le revoir. Elle avait donc décidé qu'il se passerait quelque chose entre eux mais se concentrait pour le moment sur sa mission qu'elle abordait à la fois avec plaisir et sérieux. Son rôle muet ne lui demandait pas un engagement personnel énorme mais elle voulait, pour lui comme pour les comédiens, que le cheval soit parfaitement à l'aise et que tout se passe bien. Elle découvrait la pièce au fur et à mesure et n'était pas totalement convaincue par la pertinence du texte ou le jeu des comédiens mais ils y mettaient une conviction et une énergie galvanisantes et Mag n'était pas du genre à s'engager à moitié. Elle avait accepté et ferait donc de son mieux.

19.

A l'entrée du champ, Clara dessinait des étoiles sur les bas flancs de la caravane à la lueur d'une lune déboussolée par ce renversement de l'ordre céleste des choses. La fête des fous pouvait donc commencer. Entre chaque bouchée du repas, on avait vérifié que tout avait été fait ou prévu, sachant que la matinée du lendemain permettrait de régler les derniers détails tout en accueillant enfin les artistes avec qui on échangeait depuis de longs mois maintenant et dont on avait pensé avec soin l'heure et le lieu de leur représentation pour donner le plus de chance et de possible à la rencontre avec le public.

Dans la lumière déclinante qui avalait les derniers zigzags des insectes ailés, Amande et Pierrot faisaient le tour des prés et profitaient du calme avant la tempête. Demain l'herbe serait piétinée par le public, les comptoirs poisseraient de bière, les chants des oiseaux seraient couverts par la musique amplifiée et les applaudissements. Demain ces champs vides que l'obscurité estompait rapidement seraient envahis par une foule multicolore, détendue et curieuse, ignorante des milliers d'heures déployées ici pour assurer son confort mais tacitement reconnaissante du soin apporté à chaque détail pour la recevoir.

Amande ressentait toujours un sentiment ambivalent à la veille du festival. Cette année encore, elle était satisfaite de la cohésion de l'équipe et de l'ambiance générale des préparatifs, certes un peu perturbée par des incidents inédits qui avec le temps, espérait-elle, deviendraient de simples marqueurs historiques pour distinguer cette édition des autres. Elle se réjouissait elle-aussi à la perspective de voir le public dès le lendemain après-midi former une longue file à la billetterie avant de se répandre sur les prés. Mais pour elle, quand tout commençait, tout était en réalité déjà fini. Le maelström du festival les engloutirait dans son tourbillon frénétique de bruits et de visages et les recracherait sur l'herbe quelques jours plus tard ivres de fatigue et d'émotion. La plupart appréciait ce déchaînement d'énergie mais Amande préférait les conversations longues et sobres que les jours précédents rendaient encore possibles. Elle n'était pas de ces papillons de nuit qui s'agitent compulsivement autour d'ampoules de couleur jusqu'à tomber au sol, exsangues.

Trois beaux spécimens de sphinx, Harold, Thomas et Ichem, assis dans l'herbe face à la scène, contemplaient les jeux de lumière que Mercedes peaufinait avec un sérieux enfantin. Hypnotisés par ce scintillement silencieux, chacun convoquait sur scène le souvenir d'un concert qui l'avait marqué parmi les dizaines qui en avaient fait trembler la structure rudimentaire. Du haut de la pente, Reda, Buvard et Sowet jetaient des regards distraits sur la même scène et sirotaient une dernière bière en compagnie des quelques artistes et bénévoles déjà présents dont la factrice cuisinière que Séné avait libérée tandis qu'elle-même finissait le rangement des gamelles et préparait la mise du lendemain. Reda souriait en silence et polissait dans sa tête des phrases à l'attention de la factrice qui vraisemblablement ne les entendrait jamais, en tous cas pas celles-là et pas ce soir. Séné les rejoindrait bientôt pour boire l'unique verre qu'elle s'autorisait chaque jour, un verre de porto qu'elle faisait passer pour du vin afin de faire durer la bouteille qu'elle cachait dans son fourbis. Les rares paroles étaient prononcées à voix basse et le presque silence faisait caisse de résonance aux clapotis de la rivière qui liquéfiaient leurs pensées comme leur fatigue. Mérens et Mag longeaient cette même rivière en direction de l'entrée et de la petite route qui menait au centre équestre puis au village. A leur passage, Clara releva rapidement la tête et sourit avant de replonger les yeux dans la constellation qu'elle criblait de petites touches finales.

Mag était restée pour la bière puis revenue pour le repas. Elle avait ramené la jument en fin d'après-midi pour que celle-ci puisse se délasser des contraintes qu'elle lui avait imposées dans la journée. A peine au pré, la jument s'était longuement roulée à terre avant de faire le tour des autres membres du troupeau. Le palomino aussi avait eu droit à sa petite visite de courtoisie. Mag ne s'était pas attardée auprès des chevaux impatiente qu'elle était de rejoindre ceux du festival. La journée l'avait tout à la fois engourdie et euphorisée. Elle s'était sentie immédiatement à l'aise dans cette ambiance besogneuse mais au grand air et au service d'un idéal de fête. La soirée s'était partagée entre rires et conversations animées autour de la table. Mag essayait de retenir les prénoms de chacun mais cela faisait beaucoup trop de monde, en cette veille de festival, une bonne trentaine de personnes se répartissait sur les tables rectangulaires. La bière comme la ronde des visages l'avaient légèrement étourdie et Mag avait été plus discrète qu'à son habitude écoutant et scrutant, curieuse de l'histoire de chacun. On lui avait posé peu de questions moins par manque d'intérêt que pour ne pas la brusquer, du moins l'avait-elle interprété ainsi. Elle avait senti les regards attentifs de Mérens s'inquiétant du fait qu'elle passe une bonne soirée tout en la laissant découvrir ce groupe ouvert et chaleureux dont elle percevait les fils innombrables et invisibles qui en reliaient les principaux membres constituant leur force et une barrière qu'on ne pouvait franchir qu'avec du temps et une certaine précaution.

Lorsque Mag avait manifesté son intention de rentrer, Mérens lui avait naturellement proposé de la raccompagner. Elle ne craignait pas de marcher seule et de nuit sur la petite route mais elle accepta immédiatement. Elle n'avait finalement passé que peu de temps avec lui depuis son arrivée et partager cette balade nocturne semblait la meilleure manière de conclure la journée. Personne n'eut l'indélicatesse de proposer de se joindre à eux mais Harold ne put s'empêcher d'envoyer à son ami un clin d'œil aussi lourd qu'un lest en fonte. Mag heureusement ne le remarqua pas. Une fois sortis du pré du festival, le goudron tendre et encore tiède de la petite route étouffa leur pas et ils avancèrent en silence attentifs aux mille bruits de la nuit. Les traînées lumineuses des projecteurs fixés dans les arbres de l'entrée furent bientôt complètement dissoutes dans l'obscurité qu'un écran de nuage plaquait au sol. Leurs pupilles s'élargirent au maximum pour tenter de capter un rayon de lune mais celle-ci peinait à transpercer la masse éthérée. Mag et Mérens se laissèrent happer par la nuit, ils sentaient la présence rassurante de l'autre et avançaient sans éprouver le besoin de parler, leurs sens prenaient la relève, leur pas ralentit et leurs mains se joignirent.

20.

Ils marchaient ainsi main dans la main sans se voir, ou à peine. Mag s'abandonnait au silence tandis que Mérens réfléchissait à comment le rompre. Mais ce fut finalement elle qui s'en chargea en attirant son attention sur une lueur orangée et vacillante haut sur la colline. Ils étaient encore à mi-chemin du centre équestre et la nuit avait doucement relâché son étreinte lorsqu'ils avaient émergé du petit bois. La route longeait maintenant les prés qui s'étalaient au pied du relief et c'est à mi-pente de cette colline boisée que tremblaient faiblement quelques silhouettes d'arbres trahissant à coup sûr la présence d'un feu. A leur connaissance, aucune habitation ne se trouvait dans ce secteur. Intrigués et saisissant l'occasion de prolonger leur balade nocturne, Mag et Mérens décidèrent d'aller voir de plus près de quoi il retournait. Mérens s'était aussitôt persuadé que ce feu avait un lien avec les autres et informa Mag de l'incident de la nuit précédente autour du groupe électrogène. Un peu plus loin, un chemin de terre partait sur la droite, parallèle à la clôture barbelée du champ, et rejoignait au bas de la colline un réseau de sentes qui la quadrillait en tous sens, mélange de pistes d'animaux et de promeneurs des sous-bois. Mag et Mérens parlaient à voix très basse, conscients que les sons pouvaient remonter facilement et franchir une longue distance. Eux-mêmes ne percevaient aucun bruit en provenance du haut. Une fois au pied de la colline, le bois comme la pente masquaient la lumière qui avait d'ailleurs fortement décliné alors qu'ils s'engageaient sur le chemin de terre. Mérens connaissait bien la topographie des lieux et ne doutait pas de pouvoir retrouver l'endroit au jugé.

Dans le sous-bois, ils remontaient une sente de terre brune qui serpentait entre les troncs des charmes et des amas de roches grises formant autant de cahutes sombres et humides. Ils devaient parfois poser leurs mains sur ces surfaces froides pour se stabiliser et se guider dans le noir, leurs doigts s'enfonçaient alors dans une mousse dense qui s'écrasait en libérant une odeur âcre et mouillée. Leurs souffles s'accordaient bruyamment dans la montée et ils faisaient des pauses régulières pour écouter, s'orienter et reprendre haleine. La main agrippée au tronc lisse d'un sorbier, Mérens sourit à Mag tout en sachant qu'elle ne le voyait pas et lui demanda si tout allait bien. La jeune femme, adepte de pratiques sportives, supportait sans problème cet effort intense mais suivait Mérens parce qu'il connaissait mieux la forêt et qu'elle aurait été bien en peine de s'orienter dans ces conditions. Leur attention se focalisait sur leurs pas qu'ils voulaient les plus légers possible pour éviter à temps la brindille cassante ou la pierre roulante. Mérens était à l'affût d'un bruit qui aurait pu confirmer la bonne trajectoire mais n'entendait rien. Les replis du terrain dessinaient des combes peu profondes orientées vers le bas qui pouvaient leur cacher leur objectif jusqu'à ce qu'ils tombent soudainement dessus. Mérens décida donc de rester bien à droite de la zone où il pensait trouver le feu et de monter plus que nécessaire. Cela leur permettrait une position plongeante sur leur cible qui favoriserait l'approche en leur donnant plus de chance de voir ou d'entendre quelque chose et la redescente, nécessitant moins d'effort, faciliterait la discrétion. Il quitta donc la sente et piqua droit face à la pente pour prendre plus de hauteur. Une fois suffisamment haut à leur goût, ils suivirent à l'estime une courbe de niveau sur la gauche, marchant comme des dahus, le regard résolument tourné vers le bas. Au bout de deux cents mètres ils se figèrent d'un coup et simultanément, ils avaient trouvé.

En contrebas, bien visible à travers les troncs espacés de la forêt, un feu marquait le centre d'un replat qu'une petite muraille de roche fermait côté vallée faisant écran à la vue et aux sons. Cinq ou six silhouettes se répartissaient autour du foyer. Le bruit des conversations leur parvenait de manière indistincte. Mérens posa doucement une main sur l'épaule de Mag et lui murmura à l'oreille pour lui proposer de s'approcher encore. Le contact de ses lèvres sur la soie de son pavillon lui donna un frisson. Il se reprit très vite, la tension étant montée d'un cran significatif avec la découverte du campement. Ils avaient tous deux conscience que le jeu de piste pouvait assez vite changer de nature. Ils ne savaient pas encore qui se trouvaient en bas et comment ces inconnus réagiraient s'ils découvraient qu'ils étaient épiés depuis les hauteurs. Leurs mains se trouvèrent rapidement dans le noir et ils redoublèrent de prudence pour avancer en direction du cercle de feu jusqu'à une position convenable. Ils se savaient protégés des regards par l'obscurité totale et n'avaient pas à masquer leur progression alors même que pour eux la scène autour du feu devenait plus nette. Ce paradoxe déroutait leur instinct qui aurait préféré les voir ramper ou se cacher derrière chaque arbre. Brusquement des rires éclatèrent plus fort autour du feu tandis qu'une bouteille circulait de main en main. Ils profitèrent du brouhaha pour franchir les quelques mètres qui les séparait d'un petit chaos rocheux et s'aplatirent là, doucement dans les feuilles, serrés de tout leur long l'un contre l'autre, le souffle court.

Mérens reconnut sans peine plusieurs des ados qu'il croisait régulièrement au village. C'étaient cinq garçons qui maintenant braillaient des paroles confuses, alternant cris et rires, se levant brusquement pour jeter une branche dans le feu ou sauter par dessus, cisaillant les flammes de leurs jambes nerveuses et propulsant des gerbes d'étincelles en tous sens. De là où ils étaient, Mag et Mérens ne pouvaient suivre distinctement les conversations, mais c'était à se demander si elles étaient compréhensibles de toute façon. L'excitation avait clairement gagné l'ensemble du groupe. Au sol une vieille poêle graisseuse traînait à côté d'un sac de pommes de terre éventré et plusieurs cadavres de bouteilles répandaient leurs dernières gouttes sur le sol. Deux des garçons brandissaient des bâtons dont ils rougissaient les bouts dans les braises pour ensuite scarifier la nuit dans une frénésie de mouvements saccadés. Comme répondant à un signal connu d'eux seuls, trois ados se déshabillèrent rapidement et se mirent à danser autour du feu tout en incitant les autres à les rejoindre. Bientôt une ronde de cinq pantins nus et blafards tournait de manière désordonnée et se dédoublait en ombres sur les rochers, les corps désarticulés projetaient leurs membres dans toutes les directions tandis que des gorges tendues s'échappaient des cris tantôt aigus, tantôt rauques. Mag et Mérens observaient cette fête improvisée et primitive comme deux explorateurs épiant une tribu sauvage avec curiosité et un certain effroi, cherchant à déchiffrer le sens de ce rituel étrange et craignant qu'il ne soit le préalable à une chasse nocturne dont ils pourraient devenir le gibier. Mag donna le signal de la retraite en touchant la cuisse de Mérens qui en sursauta.

Elle en avait assez vu pour se convaincre que cette bande d'excités n'était pas étrangère aux incidents des jours précédents. Elle bouillait intérieurement repensant à l'état dans lequel elle avait retrouvé le palomino. Mais quoi ? Débarquer d'un coup au milieu de ce sabbat était trop risqué. Même si le plus vraisemblable fut que les ados aient la frousse de leur vie en étant interrompus et surpris dans leur délire, ils pouvaient aussi, guidés par la même peur et par la boisson qui coulait dans leur veine, réagir plus violemment et s'en prendre à ces deux témoins inattendus et gênants. Mag et Mérens reculèrent discrètement avant de se relever et de s'éloigner de leur poste de guet. La descente se fit en silence. Mag ruminait sa frustration de n'avoir pu les interpeller tandis que Mérens se concentrait sur l'itinéraire et écoutait la nuit. Une fois la route atteinte, le ruban d'asphalte facilitait la marche et leur permettait de se tenir côte à côté. Ils échangèrent à voix très basse pour ne pas trahir leur présence. Mérens sentit la colère dans la voix de Mag qui était sûre d'avoir trouvé les bourreaux de son cheval. Lui-même semblait convaincu que la bande d'ados était à l'origine des feux mais il n'arrivait pas à s'emporter contre eux. Sous leurs airs généralement butés, ces jeunes qu'il croisait dans les fêtes locales ou au hasard des chemins ne lui avaient jamais paru bien méchants. Ils s'inventaient des sensations fortes avec ce qu'ils pouvaient. Et leur danse sauvage l'avait plutôt amusé. Surtout il n'oubliait pas que lui-même, il y a seulement quelques années en arrière, passait ses week-ends à faire le maximum de conneries avec des copains dévoués à cette cause. La pyromanie faisait partie des grands classiques et foutre le feu à quelque chose avait toujours constitué un spectacle absolu et fascinant à portée de toutes les mains. Blesser un animal relevait néanmoins d'une autre catégorie et il ne comprenait ni l'état d'excitation qui pouvait y avoir conduit, ni le plaisir qui pouvait en avoir été tiré. Ils confrontèrent leurs réflexions sans réussir à définir quelle conduite tenir – qui aller voir en premier ? Les gendarmes, leurs parents, le maire, les ados eux-mêmes - Mérens proposa finalement de prendre conseil auprès d'Amande dès le lendemain.

Ils arrivèrent enfin au centre équestre où, à l'angle de l'écurie, une ampoule sale et faiblarde contrait sans grand succès l'obscurité profonde. Mag s'arrêta sous le faisceau lumineux jaunâtre qui tombait comme une douche de théâtre sur son visage pâle. Elle serra Mérens dans ses bras et déposa un baiser intense mais rapide sur ses lèvres avant de lui glisser « j'ai hâte de te revoir demain » puis fila vers la porte d'entrée de la maison sans lui laisser le temps de réagir. Emmêlé dans ses sensations, Mérens passa un doigt sur ses lèvres et sourit.

21.

Quand Mag se leva, la matinée était déjà bien entamée et cela ne lui ressemblait pas. Elle se remémora leur expédition nocturne et aussitôt deux sentiments contradictoires l'animèrent : la colère vis-à-vis des ados et le plaisir que la compagnie de Mérens lui procurait. Elle fourra une poignée d'abricots secs dans la bouche et fila vers les chevaux. Elle avait besoin de monter, de galoper, de sentir les muscles puissants rouler sous ses cuisses pour se vider la tête. Elle se dirigea vers l'enclos. Le palomino la regarda arriver sans s'approcher comme s'il avait compris que sa blessure l'excluait toujours des balades sportives que Mag affectionnait. Sur le chemin de terre, elle croisa Beaucaire qu'elle salua avec une distance polie tout en l'informant de son projet de monte. Il lui conseilla avec le même ton cordial mais froid de prendre l'alezan brûlé qui n'était pas sorti depuis longtemps et avait besoin d'exercice. Elle se retint de lui révéler ce qu'elle avait découvert cette nuit. Beaucaire avait été tout autant choqué qu'elle par ce qui était arrivé au palomino, mais elle se méfiait de ses réactions emportées et de ce qu'il pourrait entreprendre et puis ce serait trahir ce qu'elle avait convenu avec Mérens. Mieux valait se taire et attendre les conseils d'Amande qu'elle verrait bientôt. Beaucaire reprit la direction des bâtiments tandis que Mag, arrivée à la clôture, détaillait le petit troupeau. L'alezan brûlé lui rendit son regard et l'isabelle approcha pour la saluer du souffle de ses naseaux. Elle appela l'étalon qui à son tour s'avança lentement sa tête battant le rythme de son allure. Son poil ras luisait. Il dégageait une impression de vitalité et de force qui illumina les yeux de Mag.

L'étalon, maintenant brossé et équipé, attendait docilement sa cavalière qui avait négligemment glissé les rênes dans un anneau fixé au mur de l'écurie. Mag sortit de la maison coiffée d'une bombe de cuir dur et à sa vue le cheval piaffa. Elle se hissa sur son dos et ils prirent le chemin entre l'écurie et la maison tournant le dos aux prés où les autres chevaux suivaient de loin leur départ. Mag avait son circuit habituel où les larges pistes forestières plutôt bien entretenues permettaient des galops détendus. Elle sentait l'étalon en jambes et sut que leur parcours serait bouclé à un rythme soutenu. Une demi-heure plus tard, après avoir traversé la route, ils s'étaient élevés dans le bois dominant les prés du centre équestre avant de redescendre par une piste en larges boucles qui ensuite filait en ligne au pied de la colline avant de virer à droite pour rejoindre la route au niveau où Mérens et elle l'avaient quittée la veille pour entreprendre la remontée dans le bois. Alors que Mag et l'étalon longeaient au pas la clôture barbelée bordant l'immense champ séparant la route de la colline, son regard fut attiré par des mouvements subtils en lisière du bois. D'une légère impulsion, Mag arrêta l'étalon tandis qu'elle scrutait la bordure de la forêt. Cinq fines silhouettes sortirent du bois à la queue leu leu et entamèrent tranquillement la traversée du champ dans sa grande largeur. A coup sûr, il s'agissait des ados tout juste descendus de leur repaire.

Sans réfléchir, Mag avisa la barrière ouverte du champ au niveau de la route et mis l'étalon au galop sur le chemin de terre. Le cheval avala les quelques dizaines de mètres jusqu'à la route mais dut ralentir nettement pour virer totalement à gauche et entrer dans le champ. A bonne distance de là, les ados avaient remarqué le brusque départ du cheval au galop. Il s'étaient figés un instant, tous les regards tournés dans sa direction puis avaient repris leur marche. C'est quand ils virent le cheval se projeter dans le champ et accélérer nettement encouragé par une cavalière en suspension sur sa selle et qui visiblement fonçait droit sur eux qu'une agitation certaine les gagna. Le cheval lancé au triple galop annulait la distance qui les séparait. Les ados se mirent à courir eux-aussi, d'abord groupés et à petites foulées puis très vite en se dispersant et en battant des bras. La panique les avait fait bifurquer vers le fond du champ dans la direction opposée à la charge du cheval, ce qui n'était pas logique car le champ était bien plus long que large mais n'importe quel bord était beaucoup trop loin de toute façon. Le cheval déboulait sur eux. Mag visa la silhouette la plus grande, elle savait que l'étalon refuserait de la percuter en bout de course quand bien même elle le pousserait à le faire. La rage l'aveuglait et elle n'avait de toute façon pas le temps de réfléchir. Se sentant pris en chasse, le plus grand des ados tenta de zigzaguer quelques instants avant de trébucher et de s'écrouler à terre. Mag sans ralentir décrivit un large cercle autour de lui qu'elle resserra progressivement, les sabots martelaient le sol et projetaient des mottes de terre en tous sens. L'adolescent toujours couché face contre terre avait porté ses mains à sa tête et restait aussi immobile qu'un faon qui se veut invisible. Il entendait le souffle puissant de l'étalon. Mag continuait à resserrer le cercle, l'allure ralentit mais le son saccadé et sourd du piétinement se rapprochait et terrorisait le gamin. Elle arrêta le cheval à un mètre du jeune garçon qui ne bougeait toujours pas. Chacun haletait dans un silence pesant. Un cri furieux de Mag le rompit.

- Retourne-toi !

Le garçon s'exécuta et se dressa sur ses coudes dévoilant malgré lui son pantalon souillé de pisse à l'entrejambe. Mag n'eut pas une once de compassion.

- Je sais que c'est vous qui avez blessé mon cheval, dit-elle d'une voix noire.

- Mais… tenta l'ado.

- Tais-toi, le coupa-t-elle, je vous ai vu cette nuit et je te jure que je te ferai exactement ce que vous lui avez fait si je te croise à nouveau près de mes chevaux. C'est compris ? Je ne veux plus vous voir, jamais, disparaissez de ce putain de secteur et de ces putains de bois ! hurla-t-elle dans l'espoir d'être aussi entendue du reste de la bande qui s'était arrêtée à bonne distance. Elle fit encore avancer l'étalon qui planta ses antérieurs de part et d'autre du garçon. L'ado ferma les yeux et se mit à gémir. Mag fit brusquement volte-face et relança son cheval au galop. Elle était frustrée mais soulagée. Les gamins s'en tiraient à bon compte mais elle ne voyait pas ce qu'elle aurait pu faire de plus et celui qu'elle avait attrapé saurait transmettre sa peur à ses complices.

L'alezan avait abandonné son galop de course pour une allure plus souple et confortable, Mag se détendit et lorsqu'ils atteignirent l'entrée du champ, elle affichait un sourire victorieux, impatiente de retrouver Mérens et de lui raconter sa charge héroïque.

22.

Attablée autour d'un café après un repas où les dernières consignes avant ouverture s'étaient données entre deux bouchées de tarte aux abricots, Amande accueillit le récit de Mag avec une certaine sévérité. Si l'hypothèse que les ados soient coupables lui paraissait vraisemblable, elle ne voyait absolument pas en quoi le fait de les avoir vus dans les bois autour d'un feu le prouvait et elle le dit clairement à Mag et Mérens. Amande avait trop vécu de situations où le coupable idéal s'était révélé bouc-émissaire pour se satisfaire de simples soupçons. Elle se méfiait comme de la peste de la rumeur et des on-dit qui marquaient au fer rouge. Le village, comme ailleurs, était un terreau propice pour faire circuler et amplifier les fausses nouvelles et elle les mit en garde fermement. Mag, cueillie à froid, reconnut pourtant la justesse de son raisonnement. Elle restait persuadée de la culpabilité des jeunes mais concéda qu'elle ne pouvait se contenter de son intime conviction. Elle avait raconté avec fierté à Mérens la scène dans le pré et maintenant elle avait honte de l'agression délibérée qu'elle avait commise. Amande coupa court à la discussion, l'heure était au festival et les ados, auxquels elle envisageait de parler directement pour tirer les choses au clair, attendraient. Toutes les énergies devaient maintenant se rassembler et se concentrer pour que le festival se déroule au mieux et pour en tirer le plus de plaisir possible. Libérés de leurs pensées par ces paroles, Mérens et Mag se levèrent et quittèrent la table pour rejoindre leur poste.

Il régnait sur les champs une sorte de calme avant la tempête. Le silence avait succédé aux balances des différents concerts et les bâches légères projetaient une ombre protectrice sur les régies où les techniciens intégraient leurs derniers réglages dans des logiciels de commande toujours plus sophistiqués. Les bars étaient approvisionnés et les frigos derrière les comptoirs ronronnaient dans la chaleur montante. Un peu plus bas, le talus herbeux et encore ombragé dont la pente ferait bientôt un gradin naturel pour le public restituait sa relative fraîcheur à une kyrielle de silhouettes couchées pour une sieste rapide. Séné et son équipe encore augmentée, tout en servant les derniers retardataires du déjeuner, entamaient le travail de préparation pour le soir car il faudrait remplir quasi au même moment des centaines de ventres mues par une horloge interne et grégaire qui se presseraient contre les tables où seraient délivrées des parts de pizza cuites au feu de bois, des assiettes de chili ou des frites maison. Reda dévorait une dernière part de tarte et sa jolie factrice des yeux, celle-ci, tablier bleu noué sur les reins et petit couteau pointu en main, s'attaquait gaiement à une montagne de légumes divers. Plus loin sur les prés, les artistes avaient fini leur filage et pour certains se concentraient, pour d'autres profitaient de ce moment creux pour contacter le reste de leur monde dont les tournées les tenaient éloignés. Mag devait rejoindre le groupe d'artistes qu'elle avait rencontré la veille et la jument isabelle qu'elle avait mise à la longe dans un petit champ en retrait en attendant le moment de la représentation. Mérens était attendu par Harold vers la grande scène pour finaliser la mise en place des loges et caler une dernière fois les changements de plateaux dont ils auraient principalement la charge. Mag et Mérens se séparèrent en se frôlant les bras et leurs poils s'accrochèrent en velcros et en vain pour les retenir.

Près de la billetterie, Clara remontait lentement le tronc lisse d'un petit arbre de son pinceau qui laissait derrière lui une trace colorée et luisante. Dans la caravane, une équipe de bénévoles que rejoignit bientôt Amande papotait devant les souches de billets multicolores. Quelques festivaliers zélés, sacs au dos et gourdes à la main, patientaient à l'ombre des frênes qui surplombaient la petite route. Bientôt rejoints par des centaines d'autres, les barrières s'ouvrirent sur un flot ininterrompu qui remonta lentement la courbe des prés pour déverser sa diversité partout sur le site. Buvard et Sowet fixaient encore laborieusement une guirlande lumineuse au-dessus du petit pont enjambant la rivière quand les premiers spectateurs l'empruntèrent.

Une foule compacte se massait à l'heure annoncée devant chaque spectacle, avide d'émotions, et se déplaçait en petites transhumances d'un lieu à l'autre tandis que quelques autres s'étaient d'emblée calés au comptoir pour combler entre deux rires sonores une soif qui s'avérerait inextinguible. La nuit mit longtemps à tomber sur les prés où assis par terre on mangeait et buvait par petits groupes. L'air était saturé de pollen et d'insectes ailés dans la lumière rasante. Quand l'obscurité fut complète, la scène s'éclaira d'un coup. Une fébrilité évidente s'était emparée du public qui convergea rapidement, pressé de délivrer une énergie joyeuse. La musique déferla, coupant le souffle aux spectateurs pendant quelques instants avant qu'ils ne se ressaisissent et sautent dans le brasier lumineux et sonore. Ce chaos festif n'était pourtant qu'un petit point à l'échelle de la campagne abandonnée à la nuit.

Dans son pré, le palomino dressa les oreilles quand lui parvinrent les lignes de basse. Aux premières notes, Mag et Mérens avaient disparu sous la scène. En sueur et emmêlées, leurs peaux nues fondaient sous les coups de boutoir de la musique.

Lodève, janvier 2022 – août 2024

du même auteur :

Sur la montagne - 2021